居酒屋ぼったくり おかわり! 2

秋川滝美 Takimi Akikawa

目次

無口な店主

葱の焼き浸し
ホタルイカの天ぷら
出汁巻き卵
小松菜のしらす和え
銀鮭のバター焼き

平成四年一月四日の朝、シンゾウはいつもどおりに散歩に出た。

シンゾウは東京下町のとある商店街で『山敷《やましき》薬局』を営《いとな》んでおり、客はもっぱら近隣、この商店街に店を構える人や裏通りの住人である。

薬を売りたいのは山々だけれど、それ以前に元気でいてほしい。健やかな日常を保つために、治療よりも予防に力を注ぐ、というのが『山敷薬局』の経営方針である。だからこそシンゾウは日々近所を歩き、住人たちの健康観察に勤《いそ》しんでいた。

——おや？　ここ、新しい店が入るのかな……

シンゾウが足を止めたのは、商店街の中程に位置する空き店舗の前だった。

閉めっぱなしだった戸口が開放され、中から人の声がする。そっと覗いてみると、書類を持った男と四十歳前後と思《おぼ》しき夫婦がいる。おそらく男は不動産屋で、夫婦者は店を開きたくて物件を探しているところなのだろう。

ここは以前、居酒屋だった。シンゾウも一度入ったことがあるが、ビール一杯にしてもけっして安くはない値段だった上に、出てくるのは冷凍食品のほうがましだと思うような料理ばかり……うんざりして、それきり足が向かなかった。

この商店街には他に居酒屋どころか、飲食店すらない。だからこそ店主は、それでも客が来ると思ったようだが、駅から離れた商店街で、そんな強気な商売が通用するはずがない。長くは持たないという予想は見事に的中し、二年も経たないうちに潰れてしまったのだ。

それからすぐに『テナント募集中』と書かれた紙が貼られたが、これまで借り主が決まる様子はなかった。商店街の真ん中に空き店舗があるのは見栄えがよくない。どんな店でもとりあえず埋まってほしい。そして、できれば居酒屋であってほしい。

実はシンゾウは、かなりの酒好きだ。家で呑むのもいいが、たまには店で杯を傾けたい。となると、近場に気軽に寄れる居酒屋ができるのは大歓迎なのだ。

とはいえ、いつまでも覗き込んでいるわけにはいかない。成り行きが気になりつつも、シンゾウは再び歩き出した。

空き店舗に夫婦者が来ていたのを見てから半月ほどしたある日、男がひとり『山敷薬局』に入ってきた。冷蔵ケースから栄養ドリンクを一本取り出し、レジに持ってくる。

「飲んでいかれますか？」

ふらっと入ってきた客が一本だけ栄養ドリンクを買った場合は、その場で飲むことが多い。持ち運ぶのは面倒だし、ゴミを捨てていけて便利だからだろう。

当然この男もそうするだろうと思ったが、彼は意外にも首を左右に振った。

「いえ……持ち帰ります」

「じゃあ、袋にお入れしますね」

そこで男の顔に目をやったシンゾウは、ついまじまじと見つめてしまった。なんだか見覚えがある気がしたのだ。数秒考えて、はっとした。

――この前、空き店舗を見に来てたやつじゃねえか……ってことは、決まったのか？

そう考えながら、数枚の百円玉と引き替えに栄養ドリンクを渡す。男は軽く会釈《えしゃく》して袋を受け取り、そのまま店を出ていった。

もしもあの店を借りるのであれば、新しいご近所さんになる。挨拶のひとつもしておきたいとは思ったけれど、どうして事情を知っているのだと不審がられるに違いない。覗き見が趣味だと思われるのも嫌なので、そのまま見送るしかなかった。

それから十分後、今度は女がやってきた。もちろん、さっきの男と一緒に店を見に来ていた女だ。女は冷蔵ケースではなくペットボトルが並んでいる棚に向かい、お茶を一本持ってきた。

おそらく今日もあの空き店舗を見に来たのだろうけれど、ふたりで来ておきながら別々に飲み物を買いに来るのは珍しい。相手の飲み物の心配もできないほど気が利かない男なのだろうか。それでは店を構えたところで、上手くいきっこない……と心配になってしまった。

ところが、そんなシンゾウをよそに、支払いを済ませた女は至って気軽に話しかけてきた。

「ちょっとお訊《たず》ねしたいことがあるんですけど」

「なんでしょう？」

「この先にある空き店舗、前はどんなふうだったかご存じですか？」

「どんなふう、というと？」

「お店を閉めた事情とか……」

「え……？」

思わずぎょっとしたシンゾウに、女は慌てて説明を加えた。

「すみません。唐突すぎましたね。実は私、あのお店を借りようかと思ってるんです。で、居酒屋を始めようと思ってるんですけど、不動産屋さんの話によると、前も居酒屋だったみたいで……」

「ああ、なるほど……同じ居酒屋をやる身としては、前の店が閉めた事情を知りたいんですね？」

「そうなんです！」

――ははあ……さては、さっき来た旦那も同じことを訊きたかったんだな。ところが、訊き出せずに戻っちまって、やむを得ずかみさんが登場ってことか……

確かに、どう見ても訊き込みには向かないタイプだった。世間話からそれとなく、というのも、このかみさんみたいに単刀直入に、というのも無理だろう。しゃべるのが苦手すぎると、客商売は難しいだろうに……

そんなことを考えつつ、シンゾウは前の居酒屋の様子を女に教えた。良心的とは言えない価格と冷凍食品以下の料理のせいで、客が定着しなかったのだろう、という推測に、女はほっとしたように頷いた。

「じゃあ、ヤクザともめたとか、食中毒とかじゃないんですね？」

「それはありませんね。このあたりはわりと治安がいいんです。ヤクザもチンピラも見かけませんし、食中毒を出したって話も聞きません。単に前の店主のやり方が下手だっただけでしょう」

「よかった……。同じ居酒屋をやる以上、前の店が変なことをやってたら影響を受けちゃうかな、って心配だったんです」

「影響……？　それは大丈夫でしょう。店の名前だって変えますよね？」

「もちろん。でも、居酒屋って案外『あのあたりにある店』ぐらいの認識で、店名まで覚えていないこともあるでしょう？　『商店街の真ん中ぐらいにある居酒屋だろ？　前に食中毒を出したよな？』なんて言われちゃったら嫌だなーって」

「なるほど……しっかりしてますね。旦那さんとは……おっと……」

口が滑ったとはこのことだ。日頃から妻にも、あなたは辛辣《しんらつ》すぎる、正しければなにを言ってもいいわけではない、と叱られるぐらいだ。ましてや、よその店主をどうこう言うのは大問題である。ところが、慌てて頭を下げまくったシンゾウに、女は呵々大笑《かかたいしょう》だった。

「そんなに謝らなくても大丈夫です。慣れてますから」

「慣れてる？」

「ええ。うちの人、本当に口が重くて、誤解されることも多くて……。あ、でも、考え方はしっかりしてるんですよ。前の店の様子を調べなきゃ、って言い出したのもあの人なんです」

「そうだったんですか……。いや、それにしたって失礼すぎました」

「いいんですって。私はむしろ安心しました。ご近所に、こんなにはっきり言ってくださる方がいるのは嬉しいです」

「煙《けむ》たくないですか？」

「ぜんぜん。私たちが変なことをやってたら、きっと注意してもらえるだろうなって思えます」

「そいつはどうも……」

「この話をしたら、きっと夫はあのお店を借りることにすると思います。そうしたらご近所さんになります。よろしくお願いしますね」

女は深々と頭を下げて、店を出ていった。

一月末の昼下がり、前は別々に買い物に来た夫婦が今度は揃って現れた。

男はスーツではなく襟《えり》のあるシャツにジャケット姿だったが、前に来たときよりは明らかに改まった服装に、シンゾウは思わず笑みを浮かべた。

「お決まりになりましたか？」

男は無言で頭を下げただけ、口を開いたのはやはり女のほうだった。

「おかげさまで。これから少し手を入れて、それが終わり次第店を開けたいと思います」

「それはよかった。楽しみにしていますよ」

「ありがとうございます。それで、工事が入るとうるさくなるので、近隣の方にご挨拶に上がりたいんですが、どこまでお伺いしたらいいのかわからなくて……」

「挨拶なら工事屋がするんじゃないですか？」

「もちろん工事屋さんは行かれるでしょうけれど、店を開いてお世話になるのは私たちですから、やっぱり私たちもご挨拶したほうがいい、ってこの人が……」

そう言いながら、女は男を見た。

――なるほど、いつもこうやってフォローしてるってわけか……

実際に男の考えかどうかはわからない。まるきり嘘だとは思わないが、ふたり一緒に考えた可能性は高い。それでも男の手柄にすることで、男の印象がぐっと上がる。なかなか見事な采配だった。

「そうですか。そうした意味での挨拶なら、できれば全部の店に……」

「あ、お店はもちろん全部回らせていただくつもりです。お聞きしたいのは、それ以外にも伺ったほうがいいところがあるかどうかなんです」

「それ以外？」

「裏手にアパートが一棟と、お店をやられていないお宅が何軒かありますよね？」

立地から考えて、この商店街の利用者である可能性は高そうだ。やはり一声かけておくべきだと思うが、人によっては煩《わずら》わしいと思うかもしれない、と女は言う。

あまりにも心配そうな様子に、シンゾウは思わず顔をほころばせてしまった。

「そこは気にしなくて大丈夫です。この町は、今時珍しいぐらい付き合いが深いんです。商《あきな》いをしている人間もそうじゃない人間もツーカー。むしろあんた方のほうが煩わしく思うかもしれません」

「ツーカーですか……。古くから住んでいらっしゃる方ばかりなんでしょうね……。私たち、ちゃんと受け入れていただけるでしょうか……」

「馬鹿なこと言うなよ」

そこで初めて男が口を開いた。眉間には深く皺《しわ》が寄っている。

また女が代弁するのかと思いきや、彼女は黙って男の言葉を待っている。男はちらりと女を見たあと、思い切ったように話し始めた。

「俺たち、この商店街で何度も買い物をしてみただろ。こちらはもちろん、八百屋だって魚屋だって肉屋にだって行ってみた。みんな気持ちのいい商《あきな》いをしていたじゃないか」

「そうだったわね。八百屋さんは、持ち帰るのが大変だからお葱《ねぎ》や大根を切ってあげようか、って言ってくださったし、魚屋さんはアラがあるからよかったら持っていくかって訊いてくださった」

「肉屋が秤《はかり》にのせたのは、頼んだ量ぴったりだった。あれはすごい技だ」

「びっくりしたわよね。にもかかわらず、あとからお肉をちょっと足してくれた。おまけだよ、って……。私たち、お馴染みでもなんでもないのに……」

「な？　しかも値段が変わらないように値札シールを打ち出したあとで、だぞ。ああいう商いをする人たちが、新参者だからって仲間はずれにするわけがない。俺たちがちゃんとしてさえいれば、受け入れてくれるさ」

「そのとおり！」

シンゾウは思わずレジカウンターを手で打った。

客を分け隔《へだ》てしない――頭ではわかっていても、実行しづらいことだ。ついつい馴染みの客には親切にしたくなるし、一見《いちげん》さんには一線引きたくなるのが人というものだ。にもかかわらず、この商店街では平等な接客ができている。それが喜ばしいのはもちろん、それ以上に、接客を見た男が「仲間はずれになんてするわけがない」と断言してくれたのが嬉しかった。

しかも、男は「俺たちがちゃんとしてさえいれば」と前提条件までつけた。まさに、前に女が言っていたとおり、口が重くて誤解を受けやすいが考え方はしっかりしていると思える男だった。

「この町なら大丈夫、あんた方なら大丈夫。そう言わせてもらうよ」

言わせてもらいます、ではなく、言わせてもらうよ——ほんの少し砕《くだ》けた口調にシンゾウは、自分がすでにこの夫婦を『この町の住人』として受け入れたことを感じる。そして彼らがよりスムーズに仲間入りができるよう、あれこれ手助けしてやろうという気持ちになった。

「できれば挨拶回りは裏通りまで行ったほうがいい。とはいえ、一軒家はほとんどが年寄りだから夜が早いし、アパートは共働きが多くて昼間は留守がち……こいつはちょいと面倒だな。間を取って夕方ぐらいに回るしかねえか」

そんなシンゾウの言葉に夫婦は顔を見合わせたあと、女がためらいがちに言った。

「夕方って、どちらもお忙しいでしょう？　ご挨拶に上がって迷惑をおかけするのはちょっと違う気がします。やっぱりお昼と夜に分けて伺うことにします」

「そりゃあ、そのほうがいいには違いねえが……」

この商店街は駅から遠い。何度も来るのは大変だろう、と心配すると、女はにっこり笑って答えた。

「大丈夫です。実は私たち、この近くに住むことにしたんです。引っ越したあとなら、昼でも夜でも……」

「近くに住むって、このあたりのアパートって言えばあそこぐらいだが、空きはないはずだし……」

「アパートじゃなくて一軒家です。近くと言っても、歩いて十分ぐらいはかかりますけど」

「一軒家……もしかして二階建て、瓦《かわら》屋根の？」

「たぶん、それです。これまで住んでいた方が近々養護施設に入るそうで、そのあとに……」

そういえば、少し離れたところに古い家があった。年寄りがひとりで住んでいたが、足腰が立たなくなる前に養護施設に入りたがっていると聞いた覚えがある。他に空き家はないし、きっとあの家のことだろう。借りたのか買ったのかはわからないが、この商店街に通ってくるには便利に違いない。

「そうか。なら大丈夫だな……。となると、あんた方は職場も住まいもこの町内ってことか」

「そうなんですよ。だからこそ、ご挨拶はしっかりと思って……」

「なるほどな。じゃあ、とりあえず『魚辰《うおたつ》』に面通しからだな。おーい、サヨ！」

シンゾウは店の奥に声をかける。すぐに妻のサヨが出てきた。

「はいはい、なんでしょ？　あら、もうご挨拶回り？」

サヨは夫婦者に軽く会釈《えしゃく》した。夫婦もぺこりと頭を下げる。『挨拶回り』と言うところを見ると、事情はわかっているのだろう。もしかしたら、シンゾウが不在のときに買い物に来たのかもしれない。こいつは話が早い、とシンゾウは白衣を脱ぎながら言った。

「ちょいと『魚辰』に行ってくるから、店番頼む」

「はいはい。ミチフミさんによろしくね」

『魚辰』の店主、ミチフミは現在の町内会長である。この町で商売をするにしても、住むにしても、ミチフミに紹介しておくほうがいい。目下、息子のミチヤを仕込むのにてんやわんやではあるが、もともと気のいい男だから、あれこれ便宜を図ってくれるだろう。


「お、薬屋じゃねえか。昼間っから珍しいな」

『魚辰』の前に着くか着かないかのうちに、威勢のいい声が飛んできた。

胸から下をすっぽり覆うゴムの前掛けに長靴、『魚屋でござい』と言わんばかりの姿で話しかけてきたのは店主のミチフミだ。店頭に息子はいないから、おそらく奥で魚を捌《さば》く練習でもしているのだろう。

「こんにちは、ミチフミさん。今日はちょっと紹介したい人がいて」

「紹介？　なんだよ改まって」

そう言いながらシンゾウの後ろを見たミチフミは、小さく「お……」と声を上げた。夫婦は揃って頭を下げる。

「これが、うちの町内会長だ。気はちょいと短けえが、面倒見はいい。困ったことがあったらこの人に言えばいい。で、こっちは……」

そこで夫婦を紹介しようとしたシンゾウは、まだふたりの名前を知らないことに気づいて苦笑した。気配を察したのか、女がすかさず自己紹介を始める。

「今度、この先のお店をお借りすることになった久保田《くぼた》と申します」

「あーはいはい。不動産屋から聞いてる。居抜きで居酒屋をやるってご夫婦だな？」

「そうなんです。よろしくお願いしますね」

「こっちこそよろしくな」

そこで夫婦は、また揃って頭を下げた。

「でもって、家は高木《たかぎ》さんのあとに入るんだってさ」

シンゾウの言葉に、ミチフミは急にしんみりして呟くように言った。

「高木さんか……。そういや、前に来たときに近々ここを離れるって言ってた。長い付き合いだから、寂しくなるな……」

「でもまあ、本人の望みどおり元気なうちに引っ越せるんだから、よかっただろう」

「だな。別れがあれば出会いもある、それが人生ってもんだ。そうか、『久保田さん』だな。覚えとくよ」

ミチフミがそう言いながらふたりの顔を見ているところに、奥から息子のミチヤが出てきた。

「親父、サバ終わったぜ」

「そうか。やけに早いな……見せてみろ」

ミチフミはふんぞり返って奥に入っていく。すぐに大きな声が聞こえた。

「てめえ、何度言えばわかるんだ！　早けりゃいいってもんじゃねえぞ！　こんな『ぐだぐだ』が売りもんになるか！」

「そんなこと言ったって、サバは初めてなんだからしょうがねえだろ！」

「サバは初めてでも、アジはやったことあるだろ。この間のアジはけっこうまともだった。アジがこれぐらい捌《さば》ければ、サバを任せて大丈夫だろうと思ったのに」

ぶつぶつ言いながらミチフミが戻ってくる。後ろをついてきたミチヤが、夫婦の顔を見て目を輝かせた。

「あ……どうも！　この間はありがとうございました！」

さっきまで不満たらたらだった口調もどこへやら、元気いっぱいに挨拶をする。

もちろんミチフミは怪訝《けげん》な顔、シンゾウもおそらく同じような表情になっているだろう。まさかミチヤがこの夫婦を知っているなんて思いもしなかった。

「この間？　どういうことだ？」

「俺がひとりで店番してたときに、この人が来て……」

「いらっしゃった、だろ。このトンチキ！　それで？」

夫婦に向かって頭を下げ、ミチヤはまた話し始めた。

「やけにきれいに仕上がってると思ったら、この方に教えてもらったってわけか」

ミチフミは頭を左右に振り、呆れきった様子だ。

さっきこの夫婦は、商店街のあちこちで買い物をしてみたと言っていた。魚屋にも寄ったと聞いていたが、シンゾウも、まさか魚屋の跡取り息子にアジの捌き方を指南していたとは思ってもみなかった。

「この方たちっていうか、旦那さんだけど。俺が店番がてらアジの練習をしてるとこに通りかかって……たぶん、俺が四苦八苦してるのを見かねたんだと思う」

「そんなことがあったの？」

女が驚いたように言ったところを見ると、夫婦が揃って買い物をしたのとは別の日の出来事なのだろう。そんなに頻繁に商店街を訪れていたのか、とシンゾウはびっくりしてしまった。もちろん、ミチフミもまじまじと男を見ている。ふたりにじっと見つめられ、男が重い口を開いた。

「いや……商店街って休みと平日、昼と夜でも様子が違うから、両方見ておきたいと思って時間を変えて何度か来てみたんです。確かあのときは土曜の昼過ぎ、俺ひとりでした」

「……あ、もしかして参観日のとき？」

「そう。おまえは保育園に行ってた。その間にちょっと見てくるか、って……」

夫婦の会話から子どもがいることがわかる。しかも保育園に行くような小さな子どもだ。子どもが増えるのは賑やかでいいな、などと思いながら、シンゾウは話に耳を傾けていた。

「もう……土曜日の商店街の様子が見たかったのなら、そう言ってくれればよかったのに。私、せっかくの参観日なのに、なんで一緒に来てくれないの、って怒ってたのよ」

「参観日ってなんか苦手なんだ……。それで、この商店街に来てふらふらしてたら、店先でこの子が包丁持ったまま固まってて、これじゃあアジが傷《いた》んじまうって、つい……」

もともとお節介焼きではない。ただただ魚をだめにするのが忍びなく声をかけてしまった、と男は照れくさそうにしている。余計なことだったなら申し訳ない、とまで……

それを聞いたミチヤは慌てて言った。

「ぜんぜんだよ！　あのときのアジはぴかぴかですごくいいものだったんだ。そのせいで、包丁を入れる度胸が出なくて固まってた。こんなの俺が捌《さば》いていいもんじゃねえって……。そこに『さっさとウロコを取っちゃいな。睨めっこしてる間にも鮮度は落ちるよ』って声が聞こえて、ああ、そうか、やらなきゃって……」

親父みたいにでかい声でもなければ、叱る口調でもない。ウロコの次はゼイゴを取る、そのあと頭を落として……と、ただ淡々と次にすることを教えてくれた。練習していたのは三枚下ろしで、最初は骨に身がたくさん残ってしまったが、力加減を教わりながら二匹、三匹と捌いていくうちにどんどん上手くなって、十四目にはかなりきれいに下ろすことができたのだ、とミチヤは嬉しそうに語った。

「その上、ぐちゃぐちゃになっちまったのをまとめて買ってくれた。『証拠隠滅だ』って……。おかげで、残ったのはきれいに下ろせたアジばっかり。珍しく親父にも褒められた。な、親父？」

ミチヤに顔を覗き込まれ、ミチフミは渋々のように頷く。

「確かに。二、三匹しか下ろしてねえにしては上手くできてた」

「だろ？　あれで自信がついたんだ。もうアジは大丈夫、って。でもサバはアジよりでかいし、身も柔らかくて、やっぱりぐちゃぐちゃになっちまった」

さっきまで浮かんでいた誇らしげな表情はどこへやら、ミチヤは捌いたばかりのサバを見て、しょんぼりと肩を落とす。男は、そんなミチヤを力づけるように言った。

「大丈夫だ。アジが下ろせればサバもいける。さっき親父さんも言ってたけど、魚なんてどれも似たようなもんだ。サバはゼイゴがない分、アジより一手間少なくてすむぐらいだよ」

「そっか……確かにウロコを取って、頭を落として、内臓を出すのは同じだね」

「そのあと二枚か三枚に下ろす。必要なら皮を引く。基本はそれだけだ」

まあ、カレイやヒラメはちょっと違うし、ウナギやナマズは別物だけどな、と男は口の端だけで笑った。素直に頷くミチヤを見て、ミチフミが不満そうに言う。

「おいミチヤ、それは俺が散々《さんざ》っぱら教えたことだろ！」

「だーかーらー！　親父みたいにがみがみ言われたら耳を素通りしちまうんだよ！」

「悪かったな！　元はと言えば、おまえの呑み込みが悪いからじゃねえか！」

「おいおい、久保田さんたちの前だ、そこらでやめとけよ」

やむなく割って入ったシンゾウの言葉に我に返ったのか、ミチフミは恥ずかしそうに耳の後ろを掻《か》いた。

「申し訳ねえ。とにかく息子が世話になりました」

「いいえ……自分の子を仕込むのは特別な苦労があるでしょうから……」

「お……」

わかってるね、とミチフミは目尻を下げる。

どうやら町内会長は、この新しい住人を気に入ったらしい。馬が合わないからといって嫌がらせをするような質《たち》ではないけれど、気に入るに越したことはない。

まずはよかった、と安堵したシンゾウは、ついでに他の店も回ることにした。気分はまさしく『乗りかかった舟』だ。

そのままミチフミを加えた四人で商店街を回り、その日のうちに挨拶を終えることができた。驚いたのは、女が持っていた手提げ袋からちゃんと挨拶用の品が出てきたことだ。

「用意がいいな……」

裏手のアパートや一軒家まで挨拶に行くべきかどうかを訊《たず》ねに来たのだから、挨拶用の品もこれから準備するとばかり思っていた。だが、驚くシンゾウに、夫婦はもともと商店街の挨拶は今日のうちに済ませるつもりだったと告げた。しかも手提げ袋から出てきたのは、引っ越し挨拶に使われがちな手ぬぐいや洗剤ではなく、二十センチぐらいの細長い包み、中身は太字と細字のサインペンだそうだ。

「お店をやっていらっしゃる方ばかりだから、サインペンなら使っていただけるかなって。これ、ものすごく書きやすいって文房具屋さんのおすすめだったんです。あ、お店をやっていらっしゃらない方へのご挨拶はこれとは別に用意するつもりですけど」

まとめて買ったら値段もずいぶん安くしてもらえた、と女は嬉しそうに言う。ミチフミがすかさず訊《たず》ねた。

「文房具屋って、もしかしてミヤマさんで？」

「はい。これからお世話になるんですから、少しでも売り上げに協力させていただかなきゃ、と思いまして」

「やっぱり……包み紙に見覚えがあると思ったんだ。にしても、いい心がけだ！」

ますます気に入った、とミチフミは大喜びで言う。

「気が利く嫁さんじゃねえか。こういう人が女将《おかみ》なら、店は繁盛間違いなしだ。な、薬屋、おまえもそう思うだろ？」

「ああ。開店するのが楽しみだよ。で、ご亭主、開店はいつごろの予定だ？」

「できれば寒いうち……なんとか二月中には開けたいと思ってます」

「そうか。じゃあ、日が決まったら知らせてくれよ。俺たちもできる限り宣伝するし」

「もちろんです。よろしくお願いします！」

女が元気に頭を下げた。男も無言でそれに倣《なら》う。

無口だが魚を下ろすのに難儀している若者に手ほどきをするばかりか、『証拠隠滅』と失敗作まで買い上げる。きっと自分が修業したときの気持ちを忘れずにいるのだろう。この年で店を持つだけの資金を蓄《たくわ》えられるほどだから腕のいい職人だろうし、修業中の気持ち、すなわち初心を忘れていないとしたら、さぞや丁寧な料理を作るに違いない。そこにおしゃべり上手で気配りのある女将までいる。このふたりがどんな酒を選び、どんな料理を出してくるのか楽しみでならない。

シンゾウは、開店が待ちきれない気持ちだった。

†

二月に入るなり、居酒屋の工事が始まった。

とはいっても、大がかりなものではなく、看板や厨房《ちゅうぼう》の設備を少しいじる程度らしい。もともと建ててから二年ほどしか経っていないし、傷《いた》んでいるところもなかったのだろう。工事は一週間もしないうちに終わり、夫婦がまた『山敷薬局』にやってきた。

女が嬉しそうに言う。

「開店の日が決まりました。二月二十二日です」

「二月二十二日……そいつはまた、二揃いだな」

「調べてみたらお日柄もいいし、覚えやすいかなーって」

「確かにな。そうか、二月二十二日か……で、今更なんだが店の名前は？」

そこで夫婦は唖然としたように顔を見合わせた。今の今まで、店の名前を教えていなかったことに気づかずにいたのだろう。慌てた様子で男がポケットに手を入れた。

「これを……」

そう言いながら差し出したのは一枚の名刺。真っ白な紙に『居酒屋久保田』、『店主　久保田健《けん》吾《ご》』という文字、そして店の住所と電話番号が書かれていた。

「久保田健吾の店だから『居酒屋久保田』……なんていうか、まんまだな」

「すみません……もうちょっと凝《こ》ったほうがいいのかもしれませんが、思いつかなくて」

男、いや健吾が恥ずかしそうに言う。シンゾウは慌てて答えた。

「いやいや、悪く言ってるわけじゃねえ。むしろ、シンプルでいい名前だと思う。変に凝りまくられてもうちの商店街じゃ浮いちまうし」

「そうですか……ならよかった」

「うん。いい名前だよ、『久保田』も『健吾』さんも」

「あ、ありがとうございます」

思いがけず名前を褒められて、健吾はさらに恥ずかしそうにしている。さらに、どういうつもりか姓名判断まで持ち出した。

「俺の名前って、総画が大吉で家庭運もすごくいいんですが、仕事運が大凶なんです。これから店を開くっていうのに、ちょっと心配です」

「あー仕事運なあ……実は俺もあんまりよくねえって言われたことがあるな」

「そうなんですか？」

「ああ。おまえさんと同じ、総画はいいが仕事運は凶だそうだ。でもまあ、そんなの気にすることねえよ。なんだかんだ言っても、俺もまだ店を潰しちゃいねえ。あ、でも……」

そこでシンゾウは、女の顔をじっと見た。

「なんでしょう？」

「いや、実はうちはかみさんの仕事運が大吉なんだ。もしかしたらなんとかやってるのはそのおかげかもしれない。それで……」

「私の仕事運が気になった、ってことですか。うふふ……」

そこで女は、ものすごく嬉しそうに言った。

「私の名前は奈津美《なつみ》っていうんですけど、この人とは逆で総画は凶、仕事運は吉だそうです。だから、プラマイゼロ。きっとなんとかなります」

「おまえは本当に脳天気だな……」

ぼそりと呟いた健吾を、奈津美が睨むように見た。あなたみたいな頑固一徹には、これぐらい脳天気じゃないとつきあいきれないのよ、なんて言い返され、健吾はぐうの音も出なくなっている。

確かにこのふたりは『プラマイゼロ』、お互いの欠点を補い合えるいい夫婦だった。

「ま、新しい町に来て新しい店を開くんだから、どっちみちゼロからの出発だ。せいぜい気張ってくれ。二十二日には必ず顔を出させてもらうよ。町内会長と他にも二、三人声をかけてな」

「よろしくお願いします」

そしてふたりは深々と頭を下げて帰っていった。


待ちに待った二月二十二日午後六時半、シンゾウは『久保田』に向かった。

店の前にずらりと並んだ花環から、せっせと花を抜いて配っているのは妻のサヨだった。

せっかく送られた花環を台無しにするなんて、とシンゾウは慌てて妻に声をかける。

「おいサヨ！」

「あら、あなた。お店はどうしたの？」

「今日は早じまいだ。新規開店で客が入らなきゃ気の毒だろ。それより、おまえはなにをやってるんだ？」

「ああ、これ？　奈津美さんのご実家のほうでは、開店祝いのお花を皆さんに配る習わしがあるんですって。『花《はな》ばい』って言うそうよ。お花が早くなくなればなくなるほど、お店が繁盛するらしいわ」

「だから配りまくってるってことか？」

「そう。このあたりでは誰も『花ばい』なんて知らないから、全然減らなくて奈津美さんが困ってたのよ。それで私が一役買うことにしたの。あ、タミさん、お花はいかが？」

そう言いながらサヨは、通りかかったクリーニング屋の店主にすかさず花を渡す。確かタミは完璧な下戸《げこ》、酒は一滴も受け付けないと言っていた。そんな相手に花を配らなくても、と思ったが、『花ばい』というのは将来の客を見込んで渡すものではないらしい。大事なのは、とにかく『早く』花環を空っぽにすること、と説明しながら、サヨはせっせと花を抜いては道行く人に渡し続ける。

ぼうっと見ているわけにもいかず、シンゾウも手伝うことにした。

シンゾウが加わってしばらくしたころ、暖簾《のれん》を掻《か》き分けて奈津美が出てきた。残り数本になった花環を見て嬉しそうな声を上げる。

「もうこんなに……大変だったでしょう？　ありがとうございました！」

「いいのよ。お花って買うとけっこう高いから、皆さん、喜んで持って帰ってくださったわ。それに、お花を配るなんて滅多にできない経験ですもの。楽しかったわ」

「だといいんですけど……。シンゾウさんまで手伝ってくださったんですね」

「とんだ花売り爺《じじい》だよ」

「爺だなんて……」

全然そんな年じゃないでしょう？　とクスリと笑ったあと、奈津美はふたりを店内に誘った。

「中で一杯呑んでいってくださいな。夫もお礼をしなきゃって言ってますし」

「礼なんていらないけど、俺はもともと呑みに来たんだから邪魔するよ。おめえはどうする？」

「もちろんお邪魔するわ。『久保田』のお客第一号は私たちよ」

「第一号って……」

開店してから小一時間は過ぎている。その間、誰も来ていないのか、と驚きながら入ってみると、確かに店内に客はひとりもいなかった。

「おいおい、なんだいこの風通しのいい店は！」

精一杯明るい調子で発した言葉は功を奏さず、返ってきたのは健吾の辛そうな声だった。

「すみません……開店日なのにこの有様です……」

「本当に誰も来てねえのかよ」

「はい。さっぱりです」

「せめて『サクラ』を呼んでおくとか、考えなかったのか？」

「ちょっとあなた、『サクラ』はないでしょ」

サヨがシンゾウの袖を引っ張って注意してくる。だが、シンゾウにしてみれば『サクラ』は悪いものではない。とりわけ開店日は、友人知人を総動員してでも店を一杯にして『繁盛している感』

を見せるべきだと思っている。そうやって仲間を呼べる人望も、店主の魅力のひとつだと考えているぐらいだった。

「駆けつけてくれる仲間もいねえのかよ……」

「そうじゃないんです！」

そこに聞こえてきたのは、出会ってから初めて聞く奈津美の怒りを含んだ声だった。すかさず健吾が止める。

「奈津美、おまえは黙ってろ！」

「だって！」

「だって、じゃねえ。来てくれる人がいない、ってのは本当のことじゃないか」

「本当だけど、ちゃんと理由があるじゃない！」

「えーっと……おふたりさん。もしよければ、その理由ってやつを聞かせてくれねえか？」

気になってならん、と言うシンゾウに、奈津美は勢い込んで話し始めようとした。そこでまた、健吾が止める。ただし、今度は話させないためではなく、シンゾウとサヨを座らせるためだった。

「とりあえず座ってください。奈津美、おふたりに飲み物を……」

「あ、ごめんなさい！　なにを呑まれますか？」

奈津美は大慌てで品書きを差し出す。開いてみると、そこにはずらりと酒の名前が並んでいた。

「すごい品揃えだな……こいつはちょいと度肝を抜かれたぜ」

「ほんと……」

サヨも唖然としている。

シンゾウは昔から酒好き、とりわけ日本酒には目がない。大抵の銘柄なら、味や香りは言うまでもなく、どこで造られた酒なのか、手に入れやすいか否かぐらいは判断できる。夫の影響で、サヨもかなり酒の銘柄には詳しくなった。そんな夫婦が息を呑むような銘柄が、品書き一面に書き込まれているのだ。

「言っちゃあなんだが、こんな品揃えは期待すらしてなかった。せいぜいビールと地酒が二、三種類あれば御の字だと思ってたんだ。いやあ、これは嬉しい……おや？　生ビールがないな……」

居酒屋に入るなり『生ビール！』と叫ぶ客は多い。特に夏はそんな客の割合がぐっと上がるだろう。もしかしたら、今は冬だから生ビールは扱わず、日本酒に特化しているのかもしれない。

だが、そんな考えは健吾の言葉であっさり否定された。

「すみません。うち、生ビールは扱わないんです」

「夏でも？」

「はい。俺は日本酒の管理と料理で手一杯なんです。とてもじゃないけどビールサーバーまで手が回らなくて……」

力不足ですみません、と健吾は頭を下げる。真新しい和帽子の白さが目に沁《し》みるようだった。

「なるほど……そいつはなんとも潔《いさぎよ》いな」

「ビールサーバーの管理は大変だって聞いたことがあるわ。いい加減なことをしてなにかあったら大変だものね。うん、私はそういうのってすごくいいと思う」

サヨは何度も頷きながら、品書きに目を走らせる。だがあまりにも多すぎて、どれを選んでいいかわからないらしい。かく言うシンゾウも目移りして決められない。

困り果てて顔を上げると、健吾がこちらを見ていた。

「『全部です』って言われるのは覚悟で訊くが、なにかおすすめってのはあるかい？」

「基本的には酒を料理に合わせるか、料理に酒を合わせるか、になりますが……とりあえず突き出しに合いそうな酒ってことでよろしいでしょうか？」

「ああ、それでいいよ」

「では金沢の……」

健吾が銘柄を告げる前に奈津美が動いた。

酒が入っているらしき冷蔵庫の扉を開け、迷いもなく瓶を取り出す。奈津美が手にした瓶を見て軽く頷いた健吾は、小鉢に突き出しを盛り付け始めた。

「あ……」

健吾の手元を見ていたサヨが、ぱっと顔を輝かせた。

小鉢にたっぷり盛り付けられたのは、三センチぐらいのぶつ切りにされた葱《ねぎ》だった。焦げ目が見えるから、炙《あぶ》ってから醤油だれに漬け込んだのだろう。葱が大好物のサヨには嬉しい突き出しに違いない。

背後からグラスと枡《ます》、カウンターの向こうから小鉢が出された。ほぼ同時といっていいタイミングに、息が合った夫婦だなと感じさせられる。

最初に感じたのは、小鉢から立ち上る胡麻《ごま》の香りだった。

「あら……胡麻油を使っているのね」

さらにサヨは大喜び。味も香りも身体にいいことまで含めて、胡麻油もサヨのお気に入りだった。

「お葱を胡麻油を引いたフライパンで焦がして、醤油と味醂《みりん》を合わせたタレに漬け込んでいます。簡単ですから、おうちでも作れますよ。今日はしっかり焼いてくったりさせましたが、さっと焼いて歯ごたえを残すのも乙です」

健吾はすらすらと説明する。いくら簡単な料理とはいえ、こんなに惜しげもなく作り方を披露していいものか。それ以上に、普段はあれほど口が重い男が、料理についてならこんなに話すのか、とシンゾウはびっくりしてしまった。

さらに驚かされたのは、酒の説明だった。健吾は、奈津美がふたつのグラスに酒を注ぎ終わるのを待ちかねたように言う。

「『加賀鶴《かがつる》　純米吟醸　金沢』です」

その一言で、彼の日本酒についての造詣《ぞうけい》の深さがわかった。なぜなら、居酒屋で酒を出すときに、ここまで正確に銘柄を口にすることは稀《まれ》だからだ。シンゾウはあちこちで酒を呑んでいるが、銘柄を告げられるにしても一部、この酒の場合ならせいぜい『加賀鶴』、あるいはラベル中央にでかでかと書かれた『金沢』だろう。それなのに健吾は、流れるように『加賀鶴　純米吟醸　金沢』と言った。

酒は使う米や麹《こうじ》の種類、どこまで米を削るか、出荷前に火を入れるかどうか、醸造用アルコールを添加するか否か……などによって、仕上がりが異なる。同じブランドであっても、ぜんぜん味わいが違うというのはよくあることなのだ。酒の名をきちんと告げるのは、それをわきまえている証拠であり、酒への敬意の表れだ。

さらに、驚いているシンゾウをそっちのけで蔵元の紹介が始まった。

「これを造っているのは金沢市にある、やちや酒造。天正十一年に、神谷内屋仁右衛門《かみやちやじんうえもん》が加賀藩主を拝命した前田利家公専用の酒を造るために、尾張から移住してきたのが始まりです。寛永五年に前田家から『谷内屋《やちや》』という屋号と『加賀鶴』という酒の名を授かり、今に至ります。『加賀鶴　純米吟醸　金沢』は少し辛口で後味がきれいなので、和食はもちろん洋食にもよく合います。揚げ物やムニエルなどもおすすめです」

「確かに、この酒なら多少こってりめの料理でも合うだろうな……」

健吾の目がわずかに見開かれた。シンゾウの言葉から、この酒を知っていることを読み取ったのだろう。もちろんシンゾウはこの酒を呑んだことがある。伊達に長く酒を嗜《たしな》んでいるわけではないのだ。ただ蔵元のことまでは知識は及ばず、健吾の説明に感心するばかりだった。

「大将、プロ相手にこんなことを言うのは失礼かもしれんが、ずいぶん詳しいな。こんなにすらすら蔵元についてまで語られるとは思わなかった」

おそらくこの間のように照れた笑みを浮かべるだろう、と思った。だが、シンゾウの予想に反して彼は至って真面目な顔で言った。

「酒は蔵元や蔵人あってこそのものです。大変な努力と研鑽《けんさん》の上に生まれるのが酒。でも、蔵元の想いまで汲《く》みながら酒を呑む人はとても少ないんです。俺は、その蔵元がどこにあって、どういう歴史を経てきたかまでお客様に伝えたい。自分勝手な思い込みですけど、そういった情報をほんの少しでも伝えることで、酒の味がまた少し上がるような気がするんです」

「……見上げたもんだな」

シンゾウにまじまじと見つめられ、健吾は今度こそ照れ笑いを浮かべた。そして、また俯《うつむ》いて手を動かし始める。やはり彼は、ほとんど客と話をしないタイプの料理人らしい。話しかけられれば答えはするが、ここまで饒舌《じょうぜつ》になるのは、料理や酒の説明だけなのだろう。

「このお葱《ねぎ》、ものすごくあなた好みよ」

早く食べてみなさいよ、とサヨに促《うなが》され、シンゾウは箸を手に取った。ぶつ切りの葱を挟んだだけで、柔らかさが伝わってくる。薬屋という職業柄、健康には気を遣っているし、歯の衰えを感じる年齢ではない。きんぴらゴボウにしても歯ごたえがあるもののほうが好みだが、葱だけはしっかり火が通っているほうがいい。加熱によって引き出される甘みがたまらないのだ。

「なんとも言えない甘みだ。胡麻《ごま》油がいい仕事をしてるし、タレの加減もちょうどいい。これは酒がすすむ」

「よろしければ、もう少し……」

「あなた！」

そこで奈津美が小さく咎めた。健吾が、葱の入っているプラスティック容器に伸ばしかけた手を慌てて引っ込める。奈津美の口から、もう……という声が漏れたとたん、サヨが笑い出した。

「大将、突き出しのおかわりなんてさせてたら、商売あがったりよ。ご心配なく、ちゃんと別のお料理を注文するわ。突き出しがこれなら、他も期待大よ」

「まったくだ。お、『おすすめ』の品書きがあるのか」

壁のホワイトボードに『本日のおすすめ』が書かれていた。焼き物、煮物、揚げ物に加えて、蒸し物もある。食材も肉、魚、卵、野菜と多彩だった。

「私は出汁《だし》巻《ま》きにするわ」

「じゃあ俺はホタルイカの天ぷら」

出汁巻きと天ぷらは腕の差が出やすい料理だ。他にもメニューはあるのに、あえてこの二品を頼むのは、ちょっと意地が悪いかもしれない。だが、健吾は何食わぬ顔で四角い玉子焼き用のフライパンを火にかける。使い込まれて鈍く光るフライパンが『まかせとけ』と言っているようだった。

卵液を二度、三度と流し込む。もう少しで焼き上がり、というところで、引き戸が勢いよく開いた。

「すまねえ、遅くなった！　お、サヨさんも一緒か。お疲れさん」

そう言いながら入ってきたのはミチフミ、後ろに肉屋のヨシノリと文房具屋のミヤマがいた。

「お疲れさま。先に始めさせてもらってるわ。それにしても、ミチフミさんが遅れるなんて珍しいわね」

ミチフミはせっかちな質《たち》で、早め早めに行動する。町内の会合でも、早く来すぎることはあっても遅れたことはなかった。今日は六時前後に『久保田』で、と約束していたのに、今はもう七時近い。サヨに、珍しいと言われるのも無理はなかった。

そこで頭を下げたのは、ミヤマだった。

「『魚辰』さんのせいじゃない。うちが遅かったんだ。店の閉め際に、ちょっと待ってくれって電話が来て……」

「子どもさん？」

「ああ。明日図工で粘土がいるのに、買い忘れてたって」

いつもなら妻に任せられるけれど、今日に限って出かけていた。閉店時刻は過ぎていたが、学校で必要なものが揃わないのは気の毒だということで、子どもが来るのを待っていたそうだ。

「このふたりには先に行ってくれって言ったんだけど……」

「店は逃げねえし、開店早々は大賑わいかもしれねえから、多少ずらしたがいいかもって思ってな」

そう言いながらミチフミは店内を見回す。もちろん、埋まっているのはシンゾウとサヨの席だけだ。そこでシンゾウは、『サクラ』についての話が途中だったことを思い出した。

「そういや女将《おかみ》さん、『サクラ』を呼ばなかったわけって……？」

健吾に訊いても答えそうにない。あえて奈津美に訊《たず》ねると、彼女は堰《せき》を切ったように話し始めた。

「今日、開店したのはうちだけじゃないんです。実は私たち、ここに来る前は同じ店で働いていたんですけど、その店で修業していた人も今日、新宿で店を開きました。それで仲間はみんなそっちのほうに……」

「仕方がないだろ。俺の人望がないってことだ」

「なに言ってるのよ！　あの人は最初、三月に入ってから開店する予定だったのよ？　それをあえてうちと同じ日にした。嫌がらせに決まってるわ。あなたのほうがみんなに慕われてたし、腕だって確かだからって僻《ひが》んでたのよ」

「それでも、どっちに行くかはあいつらの自由だ」

嫌がらせをされるのも、二者択一で選ばれなかったのも、全部俺のせいだ、と健吾は言う。だが、奈津美は全然納得しなかった。

「嘘ばっかり。私、知ってるのよ。本当はみんな、うちに来てくれるつもりだったのに、今度はおまえたちが嫌がらせをされかねないからって、みんなをあっちに行かせたんでしょ。あの人は大きな料亭の息子だし、執念深いところもあるから、あとあと差し障りが出るかもって……」

「おまえ、どこから……」

「みんなが連絡してきてくれたわ。『ごめんなさい、お言葉に甘えます。次の休みには必ず行きますから』って」

「あいつら……」

ぶすっとした口調ながらも、出汁巻《だしま》きを切り分ける健吾の口角がわずかに上がっている。

開店日に仲間がひとりも来なければ、きっと心配するに違いない。それを払拭するために、事情を知らないだろう奈津美に連絡をした。そんな仲間の気遣いが嬉しかったに違いない。

奈津美は夫の表情を確かめ、ほっとしたようにミチフミたちに言った。

「ごめんなさい。余計なことをお聞かせしました。でも、そんなわけで、お席はたくさんあるんですよ」

どうぞ、どうぞ、と椅子を引き、三人を次々と座らせる。ちょうどそこに、出汁巻きができあがった。

「こっちから失礼します」

カウンター越しに出された皿を見た瞬間、ヨシノリが息を呑んだ。

「ピカピカじゃねえか！　これ、うちの卵だよな？」

「はい。いい卵を納めていただけたおかげです。黄身がすごく大きくて、色も味も濃厚、最高の品です。冷めないうちにどうぞ」

皿に敷かれた大葉の緑で、出汁巻きの黄色がさらに冴える。黄身の色の濃淡で栄養価に差はないと聞いたが、それでもやはり白っぽい玉子焼きは興ざめだ。その点、この出汁巻きは素晴らしい。

脇に添えられた紅葉下ろし《もみじお》を横目に、まずは一口……とサヨが出汁巻きの一切れを箸で割った。そのまま頬張るには大きすぎたのだろう。

割り口からじわり……と出汁が染み出す。これほどの出汁を含ませているのに、こんなにきっ

ちり巻き上げるのは至難の業《わざ》だ。やはりこの大将の腕は俺の見込みどおりだった、とシンゾウは嬉しくなってしまった。

「ほんのり甘い……」

「甘みが強すぎるようでしたら、紅葉下《もみじお》ろしをご一緒に。なんなら、ちょっぴりお醤油を垂らしても……」

奈津美にすすめられ、サヨは醤油差しに手を伸ばした。とはいえ、サヨが甘い出汁巻きが嫌いというわけではない。家で作る玉子焼きも、かなり甘いのだ。おそらく、せっかく店に来たのだからいろいろな食べ方を試してみよう、と思っただけだろう。

ところが、口に入れてもぐもぐと噛んだとたん、サヨの目の色が変わった。

「これはいいわ！　卵の甘みと紅葉下ろしのピリ辛がベストマッチ。かけすぎなければ醤油も風味が上がって素敵」

あなたも食べてみて、とすすめられ、シンゾウも早速口に運ぶ。サヨの言うとおり、出汁巻きと醤油を垂らした紅葉下ろしの組み合わせは抜群だった。

「大根下ろしはよくあるが、紅葉下ろしとはしゃれてるな」

シンゾウの言葉に、ミチフミが頷きながら言う。

「玉子の黄色、大葉の緑、紅葉下ろしの赤で彩《いろど》りもきれいだしな。そうだ、今度『八百源《やおげん》』に大根のわきに鷹の爪を置いとけって言ってみたらどうだろ？」

ミチフミは時々こんなふうに、よその店の商《あきな》い方まで考える。売り上げが落ちたと聞けば、一生懸命に原因を探り、挙げ句の果ては店に乗り込んで品物の並べ方まで検討する。絵も字も大して得意でもないのに、ポスターを作って貼り出したこともある。なにが言いたいのかさっぱりわからないポスターだったけれど、店主自身はとても喜んでいた。きっと、そこまで親身になってもらえたのが嬉しかったに違いない。

腰の軽さと面倒見の良さは、ミチフミが長年町内会長を任されている理由でもある。だが、どう考えても、それで鷹の爪の売り上げが増えるとは思えなかった。

「大根と鷹の爪が並んでたって、紅葉下ろしを作るやつは少ねえだろ」

売れねえよ、と断言するシンゾウに、サヨが異議を唱える。

「あらでも、煮物に入れてみようと思うかもしれないわよ？　ピリ辛風の大根の煮物、おいしそうじゃない？」

「それは乙だ！」

出汁《だし》巻《ま》きの脇に添えられたほんの少しの紅葉下《もみじお》ろしから、話がどんどん広がっていく。それは、この町内ではよく見られることだった。

「なんか……いいですね……」

奈津美の口からそんな言葉が漏れた。

客たちに怪訝《けげん》そうに見つめられ、彼女は安堵そのものの表情で言う。

「話が尽きないって感じが、とっても素敵だなって。皆さん、とっても仲がよろしいんですね」

「仲がいいっちゃいいが、けんかするときは派手だぜ？　こないだもこのふたりが言い合いになって、肉屋と魚屋でどっちも包丁仕事。刃傷《にんじょう》沙汰になるんじゃねえかってひやひや……」

「おまえ、そんな心配してたのか」

シンゾウの言葉に、ミチフミが呆れ果てた顔になる。ヨシノリも苦笑まじりに言った。

「大事な商売道具をそんなことに使うはずねえだろ。それにあれは、言い合いじゃなくて話し合いだ」

「話し合いにしちゃあ、語気が荒かったぜ？」

「真剣に話し合ってたんだよ。この町の未来についてな」

「そうそう。真面目なんだよ、俺たちは」

「そうかよ。そりゃあ、失礼したな」

けんかにしか見えなかったぜ、なんてだめ押しはしない。あまりしつこいと、また『話し合い』が始まりかねない。店の中から、怒鳴り合いみたいな声が聞こえてきたら、入ろうとしていた客がいたとしても逃げ出してしまうだろう。営業妨害は御法度《ごはっと》だった。

出汁巻きは抜群、さて次は……とカウンターの向こうに目をやる。同じように健吾の手元を見たミチフミが、声を上げた。

「あ、そのホタルイカは俺のとこのだろ！」

「はい。生のホタルイカなんてなかなか手に入らないので、本当に助かりました」

「生!?」

サヨが素《す》っ頓狂《とんきょう》な声を上げて、カウンターの向こうを覗き込んだ。確かに、健吾がボウルに移そうとしているホタルイカは、濃い飴色。スーパーでよく見る茹で上げた紫色とは全然違う色合いだった。

「生のホタルイカって初めて見たよ。へえ……」

シンゾウの言葉に、ミチフミが自慢げに言う。

「うちでも普段扱うのは茹でたのばっかり。だが、どうしてもって頼まれて特別に手配したんだ」

「お手数をおかけしました」

深々と健吾が頭を下げる。そして、すぐに身を起こして、衣を絡めたホタルイカを油に泳がせた。

「ホタルイカの天ぷらか……いいねえ……」

ミヤマもヨシノリも涎《よだれ》を垂らさんばかりになっている。遅れてきた三人は、品書きも見ずにビールを注文してしまったが、天ぷらならビールにもぴったりだ。おそらく揚げたての天ぷらは、みんなで分けることになる。いったいいくつ俺の口に入ることやら……と心配になったが、揚げられているホタルイカの数は思ったよりはるかに多い。これなら取り合いにはならないだろう。

あっという間に天ぷらができあがった。よその店なら二人前ぐらいはありそうな量だ。

期待たっぷりに見つめられ、シンゾウはとりあえず自分とサヨにひとつずつ取ったあと、ヨシノリたちに皿を回した。

「ほらよ、おすそわけだ」

「待ってました！」

こういうときにまったく遠慮しないのが、長い付き合いの証《あかし》だ。それでなくとも、ひとつの料理をみんなで分け合うのは悪くない。明らかに旨いとわかっているならなおさらである。

早く俺にも皿を回せ、と騒いでいる三人を尻目に、シンゾウは揚げたてのホタルイカを食べてみることにした。天つゆも塩も添えられていないが……と健吾を見ると、そのままどうぞ、と言うので、なにもつけずに口に運ぶ。

「あ、下味がついてるんだな。醤油につけ込んだのか……」

「沖漬《おきづ》けだよ。獲ったはしから醤油に突っ込むんだ。けっこうな珍味だぞ」

ミチフミが自慢げに言う。普通のイカならまだしも、ホタルイカに沖漬けがあるなんて初めて知った。どうりで『特別に手配』なんて言うはずである。

「ホタルイカの沖漬けは手に入らないか、っていうから、てっきりそのまま出すのかと思ってたら、天ぷらにするとはね。恐れ入ったぜ」

「ほんと、いい味加減だわ。茹でたホタルイカではこうはいかないわね」

「本当は味もつけないそのままのホタルイカがいいんですけど、さすがに富山から東京まで運ぶとなると鮮度が落ちます。それならいっそ沖漬けを使ったほうがいいと思ったんです」

「大正解だ。こいつは酒がとまらない。うちでもやってみるかな……」

仕入れた沖漬けがまだ残っている、揚げるだけなら家でもできそうだ、と言ったミチフミはすぐさまヨシノリに叱られた。

「おまえな、居酒屋に来てなんてことを言うんだ。そんなに簡単なもんじゃねえだろ！」

「あ、やっぱりコツとかあるか……粉も特別とか？」

上目遣いに健吾を見る。苦笑して受け流すと思った彼は、これまた真面目な顔で答えた。

「コツなんてありません。衣もそこらの天ぷら粉で大丈夫ですから、ぜひやってみてください」

「おいおい大将、そんなに簡単に言うなよ」

そんなわけないだろ、とヨシノリが突っ込みを入れる。一連のやりとりを聞いていた奈津美が、お手上げとばかり天井を仰いだ。

「この人、自分からお客さんに話しかけることは滅多にないんですけど、訊かれたことにはほいほい答えちゃうんです。レシピも秘訣も全部ご開帳。うち……こんなのでやってけるかしら……」

その言葉でまた客は大笑い。開店日、初めての客ばかりとは思えない盛り上がりとなった。


その後、さんざん飲み食いした五人は、いざ支払いとなって驚愕した。値段が高すぎるのではなく、その逆。本当に『こんなのでやっていけるか』と首を傾げたくなる数字だった。

「こんな値段でいいのか？　あ、開店サービスってやつか」

ミチフミは勝手に納得しているが、奈津美によるとこれが通常の値段らしい。そこに健吾の説明が加わった。

「うちで出すのは、家でも簡単に作れるような料理ばかりです。ただでさえぼったくりみたいなものなのに、これ以上の値段を付けたらお客さんが来てくれません」

「そんなぼったくりは聞いたことねえよ！」

シンゾウにそう言われても、健吾は平然としている。おそらくこれからもずっとこんな値段でやっていくつもりなのだろう。

酒の品揃えや蘊蓄《うんちく》は素晴らしいし、料理もお見事。女将《おかみ》は愛嬌たっぷりで、たまに大将をやり込めるのも面白い。ぜひともまた来たいと思う。だが、こんな店は客が少なければあっという間に潰れてしまう。せっせと通い続けるしかない——そこまで考えたところで、シンゾウは苦笑した。

——客にこんなふうに思わせた時点で、大将の勝ちだ。仕入れは徹底して地元、というかこの商店街からと決めているようだから、町の人たちだって快く受け入れるはず。現に、今ここにいる客たちは、すでにこの主《あるじ》夫婦と昔からの知り合いみたいな気がしていそうだ。俺はこれから何度もこの店に来るだろうし、一度でも来た客は同じように思うだろう。たぶん、潰れる心配はないな……というか、下手に宣伝したら満員御礼で俺が入れなくなるかもしれない。そいつはちょっと、いやかなり困りものだな……

数枚の千円札で支払いを終えたシンゾウは、そんなことを考えていた。

†

シンゾウ夫婦が『久保田』を訪れてから二日後、裏通りに住むウメが『山敷薬局』にやってきた。

ウメはシンゾウと似たり寄ったりの年齢で、もともとは芸者をしていたと聞いている。駅から遠いし、車も持っていないため、買い物はほとんどこの商店街で済ませていた。

今日は常備している風邪薬がなくなって補充に来たのだが、支払いを終えたウメは『久保田』について訊《たず》ねてきた。

「新しい居酒屋ができたみたいだけど、もう行ってみたかい？」

「ああ、開店早々行ってみた。酒は揃ってるし、料理も気が利いてる。その上、値段は良心的。女将《おかみ》は元気いっぱいだが、大将はしゃべりすぎないからバランスもいい。一緒に行った連中は、みんな気に入ったみたいだぜ」

「どんな面子《メンツ》だい？」

「『魚辰』と『加藤精肉店』と『ミヤマ』、あとうちのかみさん」

「そりゃ賑やかだね。にしても、シンさんが『酒が揃ってる』って言うところを見ると、もっぱら日本酒ってことか……。それだとあたしはちょっと……」

「そうか……ウメさんは焼酎《しょうちゅう》党だったたな」

シンゾウに言われ、ウメはこっくり頷いた。

ウメは酒もけっこう『いける口』なのだが、日本酒はあまり嗜《たしな》まない。苦手というよりも、酒を呑むなら焼酎、それも梅干しを入れて呑む『梅割り』と決めているらしい。悪酔いしないし、ほんのり染み出す梅干しの塩気がたまらないそうだ。

「日本酒に力を入れている店なんだろ？　『梅割り』ばっかりってのも申し訳ないし」

ウメは、そんなことを言って肩を落とした。

「あそこは、そんなこと気にしないと思うけどなあ……。なんかこう、客の好みってやつを大事にしてくれそうな……」

「そうかい？　でも……」

ウメはやっぱり浮かない顔で、あたしはやめとくよ、としか言わない。普段ならシンゾウも深追いしないのだが、今日に限っては別だった。

「まあそう言わず、一度覗いてやってくれよ。なんなら、俺が一緒に行ってもいい。俺が日本酒を引き受ければ、ウメさんが焼酎でも大丈夫だろ」

「シンさんがそこまで言うなんて珍しい。よっぽど気に入ったんだね」

「まあな。何度か話をしてみたが、いい夫婦なんだ。前にあった店みたいに、あっという間に潰れるのは忍びない。なんとか客をつけてやりてえんだ」

だまされたと思って、と何度も誘われ、とうとうウメは首を縦に振った。

「じゃあ、行ってみようかね……」

「そうこなくっちゃ！　じゃあ、俺も……」

「いやいや、シンさんに迷惑をかけるわけにはいかない。気が変わらないうちに行ってみるよ」

そう言いながら、ウメは壁に掛かっていた時計を見上げる。針は午後五時半の少し手前、そろそろ『久保田』が店を開ける時分だった。

「中年女のひとり客をどう捌《さば》くか確かめるって手もあるか……」

「中年は余計だよ！」

耳ざとく聞きつけた言葉に言い返し、ウメは風邪薬を手提げにしまって出ていった。おそらくその足で『久保田』に向かうのだろう。

——ウメさんは来なくていいと言ったけど、やっぱり気になる。店を閉め次第行ってみよう。

そしてシンゾウは、少しずつ店じまいの支度を始める。ウメのことが気になるのはもちろんだが、それ以上に、またあの店に行きたいという気持ちが大きいことはわかっていた。


「邪魔するよ」

勢いよく引き戸を開けて入ってみると、カウンターにいるのはウメひとりだった。

湯気が立つグラスを両手で大事そうに抱えているところをみると、ウメは無事に大好物にありつけたようだ。

「シンゾウさん！　いらっしゃいませ！」

満面の笑みで奈津美が迎えてくれた。カウンターの向こうで、健吾もぺこりと頭を下げる。

ウメは申し訳なさと嬉しさを半々に浮かべた顔で言う。

「おや、来たのかい。ひとりで平気だって言ったのに」

「俺が来たかっただけだ。隣、いいかい？」

「もちろんだよ」

ウメの答えを聞くやいなや、奈津美が箸を置いて椅子を引く。すぐに戻って、熱々のおしぼりと突き出しの小鉢を持ってきた。

「よかったな。『梅割り』がちゃんとあって」

「あったどころか……。まあ、この梅をごらんよ」

ウメが得意げにグラスを示す。覗いてみると、沈んでいるのは驚くほど大きな梅干しだった。

「へえ……立派な梅だな」

「だろ？　しかもこれ、自家製だってさ。果肉はたっぷりだし、塩気もばっちり。『梅割り』にはもってこいの梅干しだよ。あんまり美味しくておかわりしちまった」

「おいおい、いくら焼酎《しょうちゅう》でも呑みすぎは身体に毒だぜ」

「わかってるよ。それに、ちゃんと食べながら呑んでるから心配ない」

そう言われて見ると、ウメの前には小鉢がひとつと、皿が一枚置かれていた。どちらも空っぽ、確かに『食べながら呑んでる』ようだ。

「で、その皿にはなにが入ってたんだい？」

おしぼりを使いながら訊いてみたが、ウメはちょうどグラスに口をつけたところ。代わりに奈津美が答えてくれた。

「突き出しの小松菜のしらす和《あ》えと、銀鮭のバター焼きです」

「そりゃいいな」

「突き出しで青野菜が取れるのはありがたいし、しらすでカルシウムもばっちり。鮭も、バター焼きは大好きだからつい頼んじまったけど、もたれるかもって心配してたんだ。でも、ちょうどいい具合だった。幾分、バターを控えてくれたんじゃないかねえ……」

ウメはそう言ってカウンターの向こうの健吾を見た。シンゾウにも、答えを待つように見つめられ、やむを得ないといったふうに口を開く。

「はじめにオリーブオイルで焼いて、仕上げにバターを少し落としました。それだと少しのバターで風味はしっかり残せますから」

「オリーブオイルは身体にいいからな。もとからそうやって料理してたのか？」

「いいえ……普段は最初からバターを使います」

「じゃあ、ウメさんに合わせてくれたってことか……」

「ひとり言が聞こえてしまって……」

どうやらウメは、知らず知らずのうちに『バター焼きは食べたいけど胃にもたれるし、でも……』と呟いていたようだ。さらに『ええい、こんな「梅割り」にお目にかかれたんだから、多少胸焼けしたってておつりがくる！』とまで言ったそうだ。

「まいった。あたし、声に出しちまってたのかい！」

恥じ入るウメに、健吾は至って真面目に答えた。

「いいんですよ。そうやって口に出していただければ、こちらも加減しやすくなりますから」

胸焼けを怖《おそ》れているとわかれば、バターを控えてオリーブオイルにすることができる。えいやっと食べて、あとで具合が悪くなるのはいたたまれない、と言うのだ。

「もっともだ。にしても……銀鮭か……いいな」

「絶品だったよ。シンさんももらったらどうだい？」

「うーん……だが俺は、バターたっぷりが好みなんだよ。となると、ウメさん同様の問題が出てくる」

「でしたら、量を減らしましょうか？」

健吾はしれっとそんな台詞《せりふ》を口にした。

「減らすって……」

「半分に切ってお出しします。それなら大丈夫でしょう？」

「確かに……いや、でもそんなことは……」

残った半分の処遇に困る。店にとって損にしかならないことを頼むわけにはいかない、と固辞するシンゾウに、今度は奈津美が言った。

「いいんですよ。残った分の使いようなんていくらでもあります。うちはお客様に、食べたいものを食べたいように食べていただきたいんです。料理方法も、味付けの濃淡も、量についてもいくらでも加減しますから、気軽におっしゃってください」

マニュアルなんてあってないようなもの。融通《ゆうずう》が利くのが個人営業の小さな店の利点だと、夫婦は口を揃える。ここまで言ってくれるなら、と安心して頼んだ銀鮭のバター焼きは、濃厚で塩加減もばっちりだ。普段はレモンはあまり使わないが、途中で奈津美にすすめられて搾《しぼ》ってみたら、まったりとしたバターの味がたちまち爽やかに変わり、あっという間に食べ終えてしまった。

「これなら減らしてもらう必要はなかったな」

「もう一度お焼きしましょうか？」

「いやいや、それよりはなにか別のものを……」

ウメの様子が気になって見に来た。大丈夫そうならさっさと退散するつもりだったから、飲み物もビールの小瓶にした。突き出しと銀鮭のバター焼きを食べたら帰ろうと思っていたのに、バターに食欲を刺激され、腰を落ち着けたくなってしまう。それ以上に、細やかな心遣いに感銘を受け、健吾の料理をもっと知りたいという気持ちが高まってしまったのだ。もっと言えば、その料理に彼がどんな酒を合わせるのかまで……

――無愛想すぎて客を逃がしまくるのかと思いきや、なかなかどうして商売上手。侮《あなど》れねえ男だな、まったく……

そんなことを考えながら、残ったビールをくいっと空ける。グラスを置くか置かないかのうちに、ウメが品書きを渡してきた。

「ほら、シンさん。あんたの大好きな日本酒がよりどりみどりだよ」

「おう」

品書きには、この前来たときとは違う銘柄が入っている。たった三日しか経っていないのに、と半ば驚愕して健吾を見ると、彼は心底嬉しそうに言った。

「ここは日本酒好きな方が多い町ですね。おかげで瓶が空くのが早いんです。味が変わらないうちに呑みきっていただけるのは、居酒屋冥利《みょうり》に尽きます」

「とかなんとか言っちゃって、本当はちょっと残念なくせに」

「おや女将《おかみ》さん、残念ってどういうことだい？」

ウメに訊《たず》ねられ、奈津美はけらけら笑いながら答えた。

「この人、味が変わりそうになったら自分で呑んじゃおうって魂胆《こんたん》だったんです。それなのに、どんどん売れちゃって、全然自分の口に入らないんです」

「あははっ！　そりゃあご愁傷《しゅうしょう》さまだね。なんなら一杯奢《おご》ろうか？」

呑み屋で店員に奢るのは珍しいことではない。それほど呑みたいのなら、とウメも思ったのだろう。ところが健吾は、あっさり首を横に振った。

「いえ、そういうのは……」

「おや、そうかい。なかなかお堅いんだね」

ウメの唇が心持ち尖《とが》った。せっかくの申し出を断られ、気分を害したのだろう。慌てたように奈津美が言う。

「ごめんなさい。うちの人、お酒はものすごく好きですけど、仕事中は絶対に呑まないんです。包丁を使うし、味覚も鈍るからって。それに先々のこともあるので……」

「先々ってのは？」

依然としてウメの口角は下がったまま、口を開くこともない。やむなくシンゾウが話を引き取った。

「実はうちには娘がいて、いずれは店を継ぎたいって言ってるんです」

「娘って、まだ保育園じゃねえのか？」

夫婦で挨拶回りの相談に来たとき、保育園の参観日の話が出ていた。保育園に通うような小さな子どもが、店を継ぐなんて言うだろうか。言ったとしても、真に受けるのは……と考えたが、どうやらその子以外にも娘がいるらしい。

「保育園に行ってるのは下、店を継ぎたいと言ってるのは上の娘なんです。とはいっても、こっちもまだ小学生なんですけどね。それでも、料理に興味があるのは本当らしくて、家でもせっせと練習してます。だから、もし本気なら残してやりたいなって」

「それはわからないでもないが、店を継がせるのと、仕事中は酒を呑まないってのはどうつながるんだい？」

「お客様にお酒をご馳走になるのが当たり前の店にしたくないんです。この人はけっこうな酒豪ですから、多少呑んだところでどうってことないかもしれませんが、娘はどうだかわかりません。お客様方を前にして失礼なのは承知で言えば、酔わせてどうにかしよう、なんて不埒《ふらち》なことを考えるお客様が出てこないとも限らないでしょう？」

それぐらいなら、とにかく『店員は呑まない』という看板を掲げてしまおう。そういう店として定着させておけば、娘が継いだときにも困ることにはならないはずだ。それが、店を開くにあたって夫婦が相談して決めたことだという。

「とんでもない親ばかですけど……」

そう言って奈津美は自嘲する。健吾は例によって、余計なことを言いやがって、と言わんばかりの顔だが、内心では説明してくれた妻に感謝しているような気がした。

ウメはウメで、感心したように言う。

「よーくわかった。あたしには娘はいないけど、もしいたとしたらあんた方と同じように思ったに違いないよ。いつになるかわからない、本当に継ぐかどうかすらわからなくても今から準備しておく。見上げた心がけだ！」

「まったくだ。じゃあ俺たちは、ちゃんと娘さんが引き継げるようにこの店を繁盛させないとな。ってことで大将、酒と肴《さかな》を見繕《みつくろ》ってくれ」

健吾は一瞬考えたあと、冷蔵庫を開ける。夫が取り出した食材を見て、奈津美が酒用の冷蔵庫に向かう。言葉を交わさなくても、合わせる酒がわかっているのだろう。

「女将《おかみ》さん、あたしにもおかわり！」

「はーい。梅割り一丁、いただきました！」

少々お待ちくださいねーと歌うような調子で言いながら、奈津美が酒を運んでくる。

どこの酒蔵《さかぐら》の、どんな酒だろう。願わくは、知っている酒であってほしい。そうすれば、先んじて語ることで健吾の鼻を明かせる。だが、未知の酒に出会う喜びも捨てがたい。これまで数多《あまた》の酒を呑んできたが、世の中にはまだまだ知らない酒がある。この店主が選んだ酒なら間違いはないだろうし、説明を聞くのも楽しい。

――酒知識で頭の押さえ合いか。この大将は、けっこう負けん気も強そうだ。さぞや楽しいことだろう。この店とは長い付き合いになりそうだぜ……

勝っても負けても満足、こんな勝負は珍しい。シンゾウは、満足の息を漏らしながら、近づいてくる奈津美を待った。

その後、シンゾウは健吾の料理と彼がすすめる酒を堪能し、ウメと並んで店を出た。少し歩いたところで振り返ると、見送ってくれている奈津美の頭上で暖簾《のれん》が風にそよいでいる。臙脂色《えんじいろ》の暖簾には『久保田』という文字がある。だが、そのときのシンゾウは、予想もしていなかった。この暖簾が常連の提案で別のものに掛け替えられ、二十年近い時をかけて知る人ぞ知る店になった挙げ句、突然夫婦揃って世を去るなんて……

お酒の銘柄

スーパーやコンビニに行くと、並んでいるビールの多様さに目を見張らされます。また、そういったたくさんの銘柄が季節あるいは年度によって入れ替わっていくことをご存じの方も多いと思います。

同じことが日本酒にも言えます。昔からずっとある銘柄を守る一方で、新しい銘柄がどんどん生まれています。それと同時に消えていってしまう銘柄も……。お気に入りの銘柄がなくなってしまったときの哀しみは語り尽くせませんが、愛され続ける銘柄を作り上げるのはそれだけ難しいということなのでしょう。その上、たとえ同じ銘柄だったとしても年によって出来が違うこともあります。お酒の世界もある意味、一期一会。出会えたお酒は一杯一杯大切に味わいたいものです。

加賀鶴　純米吟醸 金沢

やちや酒造株式会社

〒920-0818
石川県金沢市大樋町 8 番 32 号
TEL：076-252-7077
FAX：076-252-7449
URL：http://www.yachiya-sake.co.jp

もやしと白菜の胡麻よごし

肉豆腐

牛肉とタマネギのしぐれ煮

居酒屋の継ぎ方

空は高く晴れわたり、一片の雲も見えない。

昔であれば、煙突から昇る煙ぐらいは見られただろうに、今の斎場ではそれも望めない。ただただ青い空が、哀しみを誘う。支え合うように立っている姉妹の姿に、さらなる涙が湧いてきた。

——なあ大将……なんでこんなむごいことをしでかすんだよ。女将《おかみ》にしても、いくら夫婦仲がよくても、冥土《めいど》行きまで足並み揃える必要はねえじゃねえか！　どうすんだよ、このふたり……

姉は洋装の喪服、妹は制服……そんなふたりに目をやり、ヒロシはもう何度目かもわからなくなったため息を漏らす。

三日前、ヒロシのもとにとんでもない知らせが飛び込んできた。

『ぼったくり』の主《あるじ》夫婦が、多重衝突事故に巻き込まれたというのだ。

警察が主夫婦の自宅に電話をしたところ、美音《みね》が出た。日中のことだったので、当然馨《かおる》は学校にいる。美音はひとりで病院に向かう途中で町内会長であるヒロシに知らせていったのだ。

詳しいことはわからないが、警察から電話が来るくらいだから本人たちが連絡をできる状況にないのだろう。おそらく自分たちだけではどうにもならない。あれこれお世話になると思うからよろしく、と……

話を聞いたヒロシは正直、腰が抜けそうになった。けれど、腰など抜かしている場合ではない。大きなコップで水を一杯、貪《むさぼ》るように飲んだあと『山敷薬局』に走った。こんなときに頼りになるのは、町一番の知恵者、ご意見番と名高いシンゾウしかいなかった。もしかしたらすでに知っているかと思ったが、どうやら外出していたらしく美音には会っていないと言う。

ヒロシの話を聞いたシンゾウは、この世の終わりみたいな顔になった。

「その事故のニュースはテレビで見た。大型トラックに挟まれた軽自動車に乗ってたふたりは……」

そこで言葉を切ったところを見ると、事態は最悪に違いない。

「わかった。こいつは俺たちの出番だな」

パン、と両頬を手で打ったあと、シンゾウはてきぱきと指示を出した。

「俺は病院に行くから、おまえはみんなに知らせろ。いくら美音坊が気丈でも、さすがにひとりじゃ心配だ」

「ひとりって……馨ちゃんは？」

「美音坊は、馨ちゃんは連れていかねえ」

美音はおそらく、ただ事ではないことを察している。大きな事故だからニュースがすでに流れているし、その中には軽自動車に乗っていた夫婦が亡くなったとの情報もあった。だからこそ美音は、ヒロシのところに寄ってから病院に向かったのだ。その美音が、何も知らない妹を病院に呼ぶとは思えない。病院で詳細を確かめてから連絡するつもりだろう、とシンゾウは推察した。

「そっか……そう言われればそうだな」

「美音坊が病院で出くわす光景を考えたら、胸が潰れそうだ……。俺なんぞが行っても役に立つとは思えねえが、とりあえず一緒にいてやることぐらいはできる」

「わかった。じゃあそっちはシンさんに任せて、俺は商店街を回ってくる」

「ウメ婆を忘れんな。事情を話して、できればウメ婆に馨ちゃんと一緒にいてもらえ」

「ウメさんは、あの子らの親代わりみたいなもんだもんな」

おそらく美音が帰ってくるのには時間がかかる。馨が下校するころには詳細もわかっているだろうし、美音も両親が事故に遭ったことぐらいは知らせるはずだ。いかに元気者の馨といえども、ひとりでいるのはさすがに不安だろう。ウメは健吾夫婦が仕事で忙しいとき、なにくれとなく娘たちの面倒を見ていた。ウメが一緒にいてくれたら、馨も少しは安心できるに違いない。

「じゃあ、商店街のみんなに声をかけて、馨ちゃんが戻ってきたらウメさんのとこに行くように伝えてもらう」

「おう。あと、必要なら連絡を入れるから家の支度を頼む」

亡骸《なきがら》をいったん家に運ぶことになりそうなので、準備が必要だ、とシンゾウは言う。

「葬式については俺が手配する。美音坊はあの年にしちゃあしっかりしてるが、葬式の段取りなんてできるはずがねえからな」

そう言うと、シンゾウは車のキーを掴んで出ていった。


準備と日取りの関係で通夜は翌日、葬儀は三日後となった。どうにか弔《とむら》いを済ませ、今、残された娘たちと近隣一同は、斎場で骨上げを待っているところだった。骨上げは本来なら近親者だけとなるのだが、親戚づきあいがほとんどない家族だったため、近隣一同も残ることになったのである。

妹の馨はずっと、涙の海に溺《おぼ》れそうになっていた。だが姉の美音はひどく気丈で、しきりに口を挟もうとする父方の伯父を寄せ付けず、淡々と喪主の務めを果たしている。

自分で判断できないところは、シンゾウに相談していたし、ウメもいくつかアドバイスをしたようだ。本来なら、他人のシンゾウたちよりも伯父に頼るものだろうに、一切相談しようとしないところを見ると、生前から折り合いが悪かったのだろう。

通夜振る舞いの席で、伯父は娘たちに父親の郷里に戻るよう言っていたが、美音はきっぱり断った。その上で、今後のことはすべて『自分たちで考える』と宣言した。伯父はかなり憤慨した様子だったし、今も仏頂面だ。骨上げが終わったらさっさと帰っていくに違いない。

気持ちのいい啖呵《たんか》だったけれど、これから先のことを思うと不安でならない。何より心配なのは、今後ふたりがどうやって暮らしていくかだ。美音はすでに学業を終えているが、馨はまだ高校生、大学にも進学予定だったはずだ。生活費や学費は大丈夫だろうか……と、ヒロシは気が気ではなかった。

いたたまれなくなって外に出てきたものの、空の青さが目に染みすぎて逆に辛い。やむなく待合室に引き返すと、馨と並んで腰掛けていた美音と目が合った。すぐについっと立ってくる。

「ヒロシさん、お忙しいのにごめんなさい。お茶でも淹《い》れましょうか？」

「いや、お茶ならもうたっぷりいただいたよ。いいから座ってな。喪主ってのは、本来もっとゆっくりするもんだぜ」

「え、そうなんですか？」

「喪主だけじゃなくて、遺族ってのはみんなじっくり故人を悼《いた》むのが望ましいんだよ」

「でも……」

「なに言ってんだい、このトンチキ」

そこに割って入ったのはウメだった。彼女も美音たちと一緒に座っていたが、立ち上がってヒロシのところに来た美音についてきた形である。

驚いてまじまじと見るヒロシに、小さく「けっ」と吐き捨てたあと、ウメは美音と馨に向き直った。

「こんなときはいつもどおりにするのがいいんだよ。さすがにお酒を注いで回るわけにはいかないから、お茶を注げばいい。そうすることで気持ちが落ち着くなら、なにをやったっていいさ。そもそもあたしに言わせりゃ、葬式なんて時間薬みたいなもんだ」

「時間薬だと？」

「そうじゃないか。人に囲まれて忙しくしてる間は、故人がいない寂しさを忘れていられる。忘れられなかったとしても、いろんな人に声をかけてもらうことでちょっとは紛らわせる」

「そういうものかあ？　俺は、葬式でばたばたしまくって落ち着いて偲《しの》べなかったって聞くほうが多いがなあ……」

「偲ぶことなんていつでもできる。一年経とうが十年経とうが、その人がいたって事実が消えるわけじゃない。まずは、残された者がこれからもしっかり生きていけるように落ち着かせてやらなきゃ……ってことで、あたしにお茶をおくれ」

そう言うと、ウメは空になった湯飲みを差し出した。

美音はにっこり笑って急須とポットが置かれたテーブルに向かう。馨もすぐについていき、ふたりがかりでお茶を淹れて戻ってきた。

「はい、どうぞ。熱いから気をつけてくださいね」

「お菓子もあるよ。ウメさんが好きな梅風味のあられも、ヒロシさんが好きな一口羊羹《ようかん》も」

姉妹にお茶とお菓子を差し出され、ウメは満足そうに頷く。ヒロシもお盆から小さな羊羹を取り、ふたりに礼を言った。

「ありがとよ。じゃあ、これをいただいて、景気よく骨上げといくか」

ヒロシの言葉に、馨が噴き出した。

「やだ、ヒロシさん。さすがに、景気よく、はないでしょ！」

「そうか？　あの女将《おかみ》さんなら、『もう、なにをじめじめしてるのよ！　さっさと入れちゃいなさい！』なんて、言いそうだけどなあ……」

「確かに。でもって、お父さんがこーんな顔で『もっときちんと詰めろ！』なんて、骨壺の中を整えようとしたりして……」

美音は、無理やり眉根を寄せて難しい顔を作る。さらに、盛大に笑いこけた馨を見て、はっとしたように言う。

「あんたの声、お母さんにそっくりね」

「お姉ちゃんこそ、眉間の皺《しわ》がお父さんにそっくりだよ」

「かもね……」

姉妹は顔を見合わせて、また少し笑う。ウメがその場を締めるように言った。

「大将も女将さんも、あんたたちの中にいる。これからもきっと守ってくれる。だから安心して、でも精一杯頑張って生きておいき」

困ったときはいつでも声をかけるんだよ、と念を押され、馨はこくんと頷いた。

「うん……ありがと、ウメさん」

美音も改めて頭を下げる。

「ありがとうございます。きっと、いろいろお世話になると思います。ヒロシさんも、これからもよろしくお願いいたします」

「おう。任せとけ！」

胸を叩いたところで、骨上げの時間となった。

萎《しお》れきっていた馨、空元気で動き回っていたに違いない美音。そんな姉妹の自然な笑顔が見られて、ヒロシはようやく胸をなで下ろした。

これから片付けなければならないことや、考えなければならないことが山積みだが、力を合わせて乗り切るしかない。このふたりに心を残して逝《い》ったに違いない夫婦に代わって、これからは町内みんなでふたりを見守っていこう。

――本当にあんたらときたら、夫婦揃ってせっかちだよな……。でも、逝っちまったもんは仕方ねえ。どうなることかと思ったけど、なんとかあの子たちも笑ってる。ま、あとのことは任せてくれ。お人好しでお節介ばっかり集まってるこの町のことだ。なんとでもなるさ……

そんなことを考えながら、ヒロシは骨上げをする部屋に向かった。

†

四十九日の法要が終わり、季節は冬を迎えた。

全国のあちこちに大規模商業施設が建てられ、もとからあった商店街は青息吐息になっているところも多いと聞く。そんな中、この町は至って元気で、シャッターを下ろしっぱなしになっている店はただ一軒、『ぼったくり』だけだった。

主《あるじ》夫婦が亡くなるまで足繁く通っていた人々は、残された娘たちに寄り添う一方で、『ぼったくり』はこのまま閉店するものだと諦めていた。

そんなある日、ウメが『八百源』にやってきた。

「ちょっと、いいかい？」

昼下がり、客の足が途絶えるころを見計らっての訪問だから、なにか相談事でもあるに違いない。

ヒロシはウメに、レジの横に置いてある小さな椅子をすすめた。ここなら店番をしながら話ができるし、道行く人に聞かれる心配もないからだ。

ありがとよ、と腰掛けたあと、ウメは早速話を持ち出した。それは、閉めっぱなしの『ぼったくり』の今後についてだった。

「あの店は確か、大将夫婦が買い取ったって聞いたが……ああ、そうか、売るって話か？」

『久保田』として開業したときは、賃貸物件だった。だが、五年ほど経ったころ、家主に買い取りを打診された。家主はよそに家があるのはもちろん、ほかにもいくつか不動産を持っている。年を取って管理も大変になってきたこともあって、いくつか手放したいと考えたようだ。

『ぼったくり』の主夫妻はしばらく悩んでいたが、堅実な商《あきな》いを心がけた結果、それなりに安定した利益を生むようになったことや毎月の賃貸料を考えて、買い取ったほうがいいと判断したらしい。

もしかしたら、当時は美音が本格的に料理に興味を覚え始めたころだったから、後々跡を継がせることも視野に入れての決断だったのかもしれない。だがそれはあくまでも、美音が学業を終えたあと、健吾がしっかり仕込んでからの話だったはずだ。高校生のころから手伝いはしていたが、このまま店を継げるわけがない。となると、ふたりの今後の生活や馨の学費を考えれば、店を処分しようと思うのも無理はない。

ところが、ウメはそうではないと言う。姉妹は店を手放す気などないのだと……

「美音坊、あの店を続けたいって言うんだ」

「はあ!?」

驚天動地《きょうてんどうち》、とまでは言わないが、それに近い感情が湧いた。

美音はこの春に大学を卒業し、そのまま『ぼったくり』に入った。両親の下で様々なことを学び、いずれは店を継ぐつもりだったのだろう。両親の急逝で予定が台無しになってしまったのは気の毒すぎる話だし、これから就職活動をするのは大変に違いない。それでも、このまま『ぼったくり』を続けるのは無謀すぎる。八百屋のように、仕入れたものをそのまま売る形態の店だったとしても、本格的に仕事に就《つ》いて一年足らずの者がいきなり店を開けるわけではない。どれを仕入れ、どのように売るかを見極める目が必要なのだ。

ましてや『ぼったくり』は料理を扱う店だ。料理の腕がなければ成り立たないし、酒だって選ばなければならない。先代の評判を頼りに始めたとしても、続けていけるとは思えなかった。

「それは無理だ。無理って言うより無茶だ！」

思わず大きくなった声に、ウメもしきりに頷いた。

「だろ？　誰が聞いたってそう思うさ。でも、美音坊は頑として譲らない。前々から大将に似てるとは思ってたけど、頑固さまでそっくり……てか、もしかしたら大将の上をいきかねない」

「『ぼったくり』は大将夫婦が苦心してこしらえた店だ。生きた証《あかし》だって思ってるのかもしれねえ。なくしたくないって気持ちはわからないでもないが、もうちょっと冷静にだなあ……」

「うん。ほかにも向いた仕事はいくらでもあるだろ、ってあたしも言ったんだけど、本人は『私にはこれしかできません』って……。気持ちは重々わかるけど、あたしが女将《おかみ》だったら、美音坊にそんなことをしてほしいなんて、これっぽっちも思わないよ」

かといって、あんなに真っ直ぐに『ぼったくり』を続けたいと言う美音を見ていると、やめろとも言いづらい、とウメは嘆く。

「いっそあんたの腕じゃ無理、って切り捨てちまえばいいんだけど、それはそれで……」

なんとか立ち直ってきたとはいえ、両親を一度に亡くしたばかりの美音に、そこまで厳しいことは言えない。頭を抱えたウメは、なんとか説得する方法はないか、と相談に来たとのことだった。

「美音坊の腕じゃ無理……確かにそのとおり。むしろ、はっきり言ってやったほうが親切なのかもしれねえ。なんなら俺が言ってやろうか？」

「そうだねえ……あたしが言うよりそのほうが……あ！」

そこでウメが歓声を上げた。

なにかと思ってみると、ちょうど店の前をシンゾウが通り過ぎるところだった。年寄りとは思えない素早さで立ち上がり、ウメはシンゾウのところにすっ飛んでいった。

「シンさん！　どこ行ってたんだよー！」

「おや、ウメ婆じゃねえか」

店先ならともかく、『八百源』の奥から飛び出してきたウメに、シンゾウは怪訝《けげん》な目を向ける。ウメは迷子が親にようやく巡り合ったような顔で、話し始めた。どうやらウメは、最初は『山敷薬局』に行ったものの、シンゾウが不在だったために『八百源』に来たらしい。

なんだ、二番手かよ……と興ざめしたものの、相手がシンゾウではやむを得ない。ヒロシも、なにか困りごとがあるとき、真っ先に相談に行くのはシンゾウだ。それほど、この町内におけるシンゾウの信頼度は高かった。

怒濤《どとう》の勢いでことの経緯を話し終え、ウメは探るようにシンゾウを見ている。言葉に詰まるかと思ったシンゾウは、意外にもすぐに口を開いた。

「やっぱりか。美音坊ならそう言うと思ってたんだ」

シンゾウはそう言うとケラケラと笑った。ちょっと無責任に見えなくもない様子に、ウメは唇を尖《とが》らせる。

「思ってたんだ、ってシンさん、そんな呑気なこと言ってる場合じゃ……」

「そうだよ。美音坊……いや、馨ちゃんも含めての今後のことだぞ。俺たちは親代わりとして、ちゃーんと見てやらねえと……」

「そりゃそうだ。だが、美音坊だって馬鹿じゃねえ。なんの考えもなしに、店を続けるなんて言いっこねえよ。本人は『親に言われるままに進学した』とか言ってるが、ちゃんと管理栄養士になれる学校を選んだ。確か、国家試験にも合格してたはずだ」

「管理栄養士……？」

なんだいそりゃ、と顔を見合わせたウメとヒロシをよそに、シンゾウは話し続ける。

「管理栄養士の資格を持ってれば、万が一のときは病院とか介護施設に勤められるかもしれない。学校や保育所だって、管理栄養士は必要だ。もちろん、食材や栄養についての知識は、居酒屋をやる上でも邪魔にはならない」

「でもよお……それならいっそ調理師を取ればよかったんじゃねえか？　万が一に備えた管理栄養士より、すぐに役に立つだろ？」

「そこが美音坊の頭のいいところだよ。管理栄養士は学校でがちがちに勉強しなきゃ取れねえ……っていうより、受験資格がねえんだ。少なくとも学校に行って栄養士の資格を取る必要がある。その点、調理師免許は現場で経験を積みながら独学で、って手が使える。おまけに、栄養士の資格があれば、食品衛生責任者にもなれる」

飲食店を営《いとな》む場合、必ず食品衛生責任者を置かねばならない。講習を受ければ食品衛生責任者になることが可能だが、栄養士は講習を受ける必要がないのだ、とシンゾウは説明してくれた。

「栄養士ってのは、食品と衛生のプロだ。管理栄養士は、栄養士よりももっともっと勉強しなきゃなれねえんだから、いわずもがなだ」

「そっか……大したもんだね、美音坊は。そういうことなら、なんとか応援してやりたいねえ……」

ウメはしきりに感心している。あっさり意見を翻《ひるがえ》したのは、それほど将来を考えて行動してきたのであれば、『ぼったくり』を続けることについても勝算があるのかもしれない、と考えたからだろう。けれど、ヒロシには、美音が危ない橋を渡ろうとしているようにしか思えなかった。

「やっぱり俺は反対だな。それに、管理栄養士とやらの資格があるなら、それを使って就職すればいい。病院にしても、学校にしても、先の見えない居酒屋よりずっといいだろ」

以前ならまだしも、両親という後ろ盾を失った今、少しでも安定した仕事に就《つ》くべきだ。『ぼったくり』の店舗は潔《いさぎよ》く、売るなり貸すなりすべきだろう。

その後、続けさせてやりたいウメと止めるべきだと主張するヒロシの対立が続いた。

シンゾウは基本的に中立を守っていたが、ふたりが言いたいことを言い尽くしたのを見極め、引導を渡すように言う。

「ふたりの意見はわかった。ウメ婆は、美音坊の意思を尊重してやりたいし、ヒロシはうまくいかなかったときのことが心配、と。でもなあ……これって今までの関わり方の問題でもある気がするな」

「なんだい、今までの関わり方って？」

「『ぼったくり』って店との関わりさ。やっぱり、ウメ婆とヒロシじゃ、立ち位置が違う。ウメ婆は、けっこう深刻だよ」

シンゾウの言葉は、これまで以上に納得できないものだった。思わず声が荒くなる。

「なに言ってんだ、シンさん！　店との関わりって言うのなら、俺のほうがある！　『ぼったくり』の青物は全部うちが納めてきたんだ。得意先がひとつなくなるのは、『八百源』としては大打撃だ。その点、ウメさんはただの……」

そこで我に返り、ヒロシは辛うじて続く言葉を呑み込んだ。うっかり『ただの客じゃねえか！』と言いそうになったのである。だが、呑み込んだはずの言葉はしっかり伝わってしまったらしく、ウメはしょんぼりした。

「確かにあたしはただの客だ。だから無責任に美音坊を応援したくなる。得意先をひとつなくしてでも止めようとするヒロシのほうが、よっぽど美音坊のことを考えてるんだろうね……」

ヒロシとウメの間に微妙な空気が流れた。シンゾウは、やれやれと言わんばかりだ。

「そういう意味じゃねえよ。ウメ婆にとっての『ぼったくり』は、『八百源』にとっての『ぼったくり』とはわけが違う。あそこは、ウメ婆の二番目の家みたいなもんじゃないか。いや、もしかしたら二番目じゃなくて、家そのものかもしれない」

「そう……かもしれない……」

そこでシンゾウは、ウメの肩をぽんと叩いた。ふたりには意識の共有があるらしいが、ヒロシにはさっぱりわからない。きょとんとしていると、シンゾウがため息まじりに言った。

「ウメ婆は、三日に一回『ぼったくり』に通ってた。判子をつくみたいに正確に行っては、女将《おかみ》や常連たちとわいわいやってたんだ。そういう場所がなくなるのは、やっぱり辛いだろ」

「あたしはひとり暮らしの隠居だから、一日中、誰とも会わないこともある。下手したら声の出し方を忘れるぐらいさ。三日に一度『ぼったくり』に行くことで、言葉ってものを覚えていられるし、暮らしに減《め》り張《は》りがつく。だから……」

「そういうことか……すまねえ、ウメさん……」

考えなしとは俺のことだ、と、自分の頭を殴りつけたくなる。

得意先が閉店して売り上げが減ったところで、また他で頑張ればいい。そもそも『ぼったくり』は小さな店だし、先代は素材の使い回しがものすごく上手かったから、一日に仕入れる青物はそう多くはない。つい『大打撃だ』なんて言ってしまったが、ウメの寂しさとは比べものにならないだろう。

「いいんだ。こんなのはただのわがままだよ……」

「これまで頑張って生きてきたんだから、わがままのひとつやふたつ言っていい。少なくとも俺はそう思ってる。年寄りのわがまま上等だぜ」

「それを自分で言うかね……っていうか、あたしももう年寄り組かい」

年寄りのわがまま上等、と開き直るシンゾウに、ウメが少し笑った。

年寄りは若い連中に迷惑をかけてはいけない、というのが、シンゾウをはじめとしたこの町の年寄りの持論だ。にもかかわらず、こんなことを言うのは、ただただウメを笑わせるためだけだろう。

ヒロシは、シンゾウの機転に救われる思いだった。

ようやく空気が和《なご》んだところで、シンゾウが言った。

「でもまあ、これは結論が出しにくい問題に違いねえ。そうだな……ならいっそ、腕試しでもしてみるか」

「腕試し？　美音坊のか？」

「美音坊……と、まあついでに馨ちゃんもかな。これまで馨ちゃんは店に出てなかったが、これからはあの子も手伝うかもしれないし」

「そうだな。さすがに美音坊ひとりじゃ、手が足りない」

「大丈夫かねえ……。馨ちゃんは、美音坊と違って、けっこう友だちと遊んだりしてたから……」

「それも含めての『腕試し』だ。美音坊だけがしゃかりきになっても意味はねえ。『ぼったくり』をなくしたくないなら、ふたりで力を合わせなきゃ」

自分たちが姉妹を試すというのは、ある意味不遜《ふそん》かもしれない。だが健吾は、いつかは美音に店を任せるつもりだった。だとすれば、どこかで『腕試し』をしたはずだ。すでに健吾はいないのだから、その役割は自分たちが果たすしかない。それでうまくいかなければ、本人たちだって諦めざるを得ない、とシンゾウは言うのだ。

ヒロシはもちろん、ウメも大いに納得し、腕試しについてはシンゾウに任せるということで、その日は無事解散となった。

それから半月ほどしたある日、『ぼったくり』の引き戸に貼り紙が出された。

近隣の者たちが、いよいよ閉店の挨拶か……と慌てて見に行ったところ『食事会のお知らせ』とある。葬儀を含めていろいろ面倒を見てくれた近隣の方々に、お礼がわりに一席設けたい。準備の手前、人数を把握する必要があるので、参加してくれる人はとりあえず連絡してほしい、とのことだった。

しかも、連絡先は美音たちではなく『山敷薬局』、つまりシンゾウになっている。ヒロシとウメは、『腕試し』であることがわかっていたが、他の人は首を傾げたことだろう。

それでも、せっかくの志《こころざし》だから、ということで、もともとの常連はもちろん、普段はあまり『ぼったくり』を訪れなかった人たちも名を連ね、人数は二十人近くまでふくれあがってしまった。

『腕試し』をするにしても、せいぜいシンゾウを含めた数人相手のことだと思っていたヒロシは、二十人と聞いて仰天してしまった。

「シンさん、そんな人数で大丈夫なのか？」

ウメも心配そのものの顔で口を開く。

「酷だよ。いくら美音坊が高校生のころから店に出てたって言っても、所詮は手伝い。もっぱら『お運び』で、自分で料理を決めたり酒を選んだりしてたわけじゃない。そんな美音坊に、いきなり二十人なんて……」

だが、ふたりに詰め寄られてもシンゾウは平気の平左《へいざ》、何食わぬ顔で言い返した。

「おあつらえ向きの人数じゃねえか」

「どこがだよ！『ぼったくり』は小さい店なんだよ？二十人なんて、小上がりまでぎっちぎちの満員御礼じゃないか。いきなり満席の相手をさせるなんて酷すぎるって言ってるんだよ！」

思わず大きくなったウメの声に、シンゾウが顔をしかめる。そして、ちょっと落ち着けよ、と言ったあと、『腕試し』のやり方について説明し始めた。

「なにも一度に二十人詰め込むなんて言ってねえよ。二回に分ける」

「二回ってことは、一回あたり十人か……」

確かに人数としてはちょうどいいかもしれない。だが、それはそれでいかがなものか、とヒロシは疑問に思った。

「日を改めるってわけじゃないよな？　立て続けに二回やるのか？」

「もちろん。食事会の日は決まってるし、それを前提に参加者を募ってる。日が変わったら一からやり直しだ」

「だよな……。だとすると、やっぱり大変じゃないか」

「思ったより集まってしまったから日を分ける、とかなんとか言って、ずらせないかねえ……」

やりきれるわけがない、というのが、ヒロシとウメの共通意見だ。だがシンゾウは、微塵《みじん》も揺らがなかった。

「ふたりとも、これが腕試しだってことを忘れてないか？　カウンターに数人と小上がり一席で十人。『ぼったくり』の普段の客数はだいたいそれぐらいだった。二十人なら二回転だ。それが捌《さば》けないとなったら、とてもじゃないが店なんてやれない」

ぐうの音も出ない、とはこのことだった。さらにシンゾウは言う。

「それにこれは、美音坊も納得してる。もちろん、馨ちゃんも。とはいえ、馨ちゃんも最初は、あんた方同様、無理だって言ったけどな」

『八百源』のレジ横で話をした日、店を閉めたシンゾウは姉妹の自宅を訪ねたという。そこで、三人で話した内容を伝えたところ、美音はすんなり頷いたが、馨は絶望的な顔になったそうだ。

「ちっちぇえ声で、『お姉ちゃん……やっぱり、やめとこうよ』って言ってた」

「だろうなあ……」

そのときの馨の表情が目に浮かぶ。

ヒロシが思うに、もしかしたら、馨はもともと店を続けることに反対していたのかもしれない。美音よりは『ぼったくり』という店への思い入れも薄い気がする。なにより素人同然の姉と紛れもない素人の自分で、店をやっていくのは大変すぎる。美音の意志が固いからいったん同意したものの、商売なんてそんなに甘いものじゃない。その上、腕試しまでされるとなったら、嫌気がさすのは当然だ。

「それで、美音坊はなんて？」

ウメに訊《たず》ねられ、シンゾウは一気に勢いづいた。

「それが、なんとも見事な返しでよ！　家賃がかからない店があって、道具も揃ってる。お酒だってたくさん残ってるんだから、損をしたって高がしれてる。やってもみないで諦めるなんて嫌！　ってさ……。たぶん、うるせえ親戚もあんな調子で追い返したんだろうな」

墓を作るか、作らないかで父方の伯父ともめたという。散々文句を言われた挙げ句、両親の骨ごと自分たちの近くに戻ってこいと言われるに至って、普段の美音からは考えられない啖呵《たんか》を切ったそうだ。身内の話だから、近隣は誰も参加していないが、おそらくあんな様子だったのだろう、とシンゾウは苦笑した。

「最後には、損をするのはせいぜい仕入れた食材代ぐらい。食材なんて誰が食べてもいいんだから、余ったら家で使えばいい。家で使ってるのよりずっと上等のものが食べられるのよ！　なんて言ってさ。さすがは姉ちゃんだね、妹の攻めどころはわかってる」

「そいつぁ、食いしん坊の馨ちゃんには堪《こた》えられねえな」

「うんうん。さすが美音坊だ。確かに食材だけなら、大した損にはならないね」

「だろ？　馨ちゃんときたら、あっさり手のひら返して、『よし、頑張ろう！』だってさ。頑張っちまったら店の食材が家に回ってこなくなる、なんてまったく頭にない。ま、あの単純さが、あの子の持ち味でもあるんだけどな」

そんなこんなで腕試しについては了解、むしろ美音は喜んでいたそうだ。

「練習はしているけれど、自分では上達しているかどうかはわからない。もう売り物になるレベルに達したかどうか、判断してもらえるのはありがたい、ってさ。だめならまた頑張るって……」

「リベンジ前提かよ！」

「みたいだな。今回の腕試しがだめなら、もっともっと頑張るってさ。あれは、諦める気なんてねえわ」

「そうかい、そうかい……。美音坊がその気なら、『ぼったくり』はなくなったりしないね」

嬉しいねえ……とウメは涙ぐんでいる。

ヒロシは、親が残した店にそこまで思いを込める美音に驚くとともに、健吾夫婦にうらやましささえ覚える。仮に自分が急に世を去ったとして、息子はここまで真剣に八百屋の仕事と向き合ってくれるだろうか。

周囲の店は親から子へと代替わりしているし、自分も『魚辰』のミチヤも当たり前のように店を継いだ。息子に面と向かって『八百源』を継いでくれ、なんて言ったことはないが、なんとなく時が来れば代替わりしてくれる気はしている。それでも大学を卒業してすぐ、しかもろくに修業もしていないという状況だったら、息子は店を継いでくれるのか……

こんな問題に、答えなんて出ない。いざとならないとわからないし、そのとき、ヒロシはその場にいない。

――そんなことにならねえよう精進するしかねえな。精進したって事故には太刀打ちできねえけどよ……

いずれにしても『ぼったくり』の跡取り候補は根性がある。再開を待ち望むウメのためにも、腕試しがうまくいくことを祈るばかりだった。

†

腕試しは十二月十四日、午後六時からと八時からの二回に分けておこなわれることになった。

ヒロシが参加するのは、午後六時からの回である。

「いらっしゃいませ！」

引き戸を開けるなり飛んできたのは、底抜けに元気な声。ジーンズに綿生地の長袖Tシャツ、エプロン姿の馨だった。俯《うつむ》いて作業していた美音も手を止めて、明るい声で挨拶をする。

「いらっしゃいませ、ヒロシさん。お忙しいところありがとうございます」

店内に客は誰もいない。時刻は午後五時四十分だから、ヒロシが一番乗りだろう。姉妹が心配のあまり早めに来てしまったのだ。

カウンターと小上がりのどちらがいいか訊《たず》ねられ、迷わずカウンターを選ぶ。腕試しなんだから、美音がどんなふうに料理を作るのか見られるカウンターがいいに決まっていた。

「ちょっと早かったかな」

馨が出してくれたおしぼりを使いながら言ってみると、美音は首を左右に振って答えた。

「いいんですよ。お飲み物はなにをご用意いたしましょう？」

「いや、みんなが揃うまで待つよ」

「でも、まだ二十分ぐらいあるよ……じゃなくて、ありますよ？」

これまで店の手伝いをしていなかった馨は、普段どおりの砕《くだ》けた口調で話しかけて、慌てて言い直した。『あるよ』と言った瞬間、美音が飛ばした鋭い視線が印象的だった。

――やっぱり親子だな……健吾さんそっくりだ。あの大将、たまにふらっとうちに来ては野菜の品定めをしてたけど、そういうときは決まってあんな目をしてたぜ。

美音は、これまではもっぱら料理や酒を運んでいた。当然のことながら、いつも穏やかな笑みを浮かべていたし、客と打ち解けて話すことも多かった。五歳も年が離れているせいか、妹に対しても優しいお姉ちゃんに徹し、猫かわいがりしていた記憶しかない。

正直に言えばヒロシは、そんな美音と馨との関係を心配していた。店の主《あるじ》になるからには、ただ優しいお姉ちゃんでいるだけではすまない。甘やかし放題だった妹に、厳しい顔を見せなければならないときもある。果たしてそれが美音にできるだろうか……危ぶんでいたのだ。

だが、今の美音の眼差しと、それに気づいてさっと言葉を改めた馨の様子を見る限り、杞憂だったらしい。仲のいい姉妹であっても店にいるときは別、とわきまえているようだ。おそらく美音は、店の手伝いを始めたばかりのころに、父親が自分をどう扱っていたかを思い出し、同じように妹に接していくのだろう。

とりあえず第一関門はクリアだ、と思っていると、引き戸が開いた。連れだって入ってきたのは、ウメとミチヤだった。

「おや、一番乗りだと思って来たのに！」

「『八百源』に先を越されちまうとはな！」

「お生憎《あいにく》様、カウンターの一番いいとこは俺がもらったぜ」

一番いいとこってどうやって決めるんだよ、と笑いながら、ミチヤはヒロシの隣に腰掛けた。ウメもその隣に座る。またすぐにふたり分のおしぼりが届き、ふたりは手を拭きながら店内をきょろきょろ見回した。

「全然変わってねえな。大将がいたころと同じ……」

「ミチヤ！」

ヒロシは思わずミチヤの足を蹴飛ばした。ウメも眉をひそめている。

ヒロシ同様、わざわざいなくなった人を思い出させるようなことを言うのはいかがなものか、と思っているのだろう。はっと気づいて、ミチヤが謝った。

「すまねえ……つい……」

カウンターの三人は押し黙り、気まずい空気が流れる。

ところが意外にも美音は何食わぬ顔をしているし、馨に至ってはいきなり笑い出した。

「やだ、この店でお父さんたちの話をしないなんて無理でしょ。平気だよ。そんなに気を遣わなくていい、じゃなくて、そんなお気遣いはなしで……いや、えっと……」

言葉遣いがわからなくなったのか、さらに馨は笑いこける。朗らかな笑い声が、重くなりかけた雰囲気を一掃した。つられて笑いながら、ミチヤが言う。

「いいって、いいって、馨ちゃんはいつもと同じで。今更鯱張《しゃちほこば》った言葉遣いされたら、尻がむずむずしちまう」

「でも……」

そう言いながら、馨はカウンターの向こうに目をやる。

そういえば、馨がこんなふうに美音を窺い見る姿は記憶にない。これまで馨は、なにをするにしても美音のことなど気にしていなかった。おそらく両親亡き今、美音は親代わりとなり、さらに『ぼったくり』再開を目指して腕試しをするにあたって、ふたりの関係に変化があったのだろう。

取りなすようにウメも言う。

「ちゃんとしたい、って美音坊の気持ちはよくわかる。でもさ、いちいち言葉遣いを気にしていたら、なにも言えなくなっちまう。馨ちゃんの元気いっぱいのおしゃべりを聞いてるだけで、こっちまで気持ちが明るくなるんだ。少なくとも、あたしには今までどおりにしてくれないかねえ」

「俺も！」

「俺もだ！」

ヒロシとミチヤが続けざまに賛成し、とうとう美音は諦めたように言った。

「わかりました……。でも、あんまりひどいときは注意します」

「うん、うん、それがいい。お上品な馨ちゃんなんて、山葵《わさび》なしの刺身みたいなもんだ」

「そいつは困る。刺身にも寿司にも山葵はたっぷり使ってくれないと、商売あがったりだ！」

いかにも魚屋と八百屋らしいやりとりに、女三人が揃って笑う。そこにまた引き戸が開き、シンゾウとサヨが入ってきた。

声を立てて笑っている五人を見て怪訝《けげん》な顔になったシンゾウ夫婦に事情を説明している間に、残りの五人も到着した。

「よし、ちょうど六時だ。そろそろ始めてもらおうか」

シンゾウの言葉で、みんなが姿勢を正す。まずは美音の挨拶からだった。

「本日はご多用のところお運びいただき、ありがとうございます。両親の葬儀にあたっての数々のお力添え、感謝の言葉もございません。お礼の気持ちとして、ささやかながらお食事を用意いたしました。拙《つたな》いものではございますが、存分にお召し上がりくださいませ」

引き戸の前に立った美音がぺこりと頭を下げ、集まった十人が一斉に拍手をする。音がやむのを待って馨が客たちに飲み物を訊《たず》ね始めた。

「俺はビール！」

ヒロシの声に、ミチヤと肉屋のヨシノリ、文房具屋のミヤマが賛同する。ウメはいつもどおりの焼酎《しょうちゅう》の梅割り、サヨはレモン酎ハイ、品書きを見て考え込んでいるのは、シンゾウ、裏通りに住む植木職人のマサ、足場職人のトク、そしてクリーニング屋を営《いとな》むタミの四人だ。

「美音坊、酒はなにがある？」

シンゾウが『酒』と言ったら日本酒を指す。美音はそれがわかっているのか、すぐに品書きを渡した。料理の品書きはすでに出ていたから、おそらく飲み物だけが書かれているのだろう。

おや……という声が漏れたところを見ると、今まではなかった品書きなのかもしれない。新しく作ったのかな、と思っていると、美音の説明が続いた。

「左の上から食前酒に向くもの、続いて食中酒、その次は古酒などの食後酒としてお楽しみいただけるものです。右の下のほうにあるのはノンアルコール。タミさんはこちらがお好みかもしれません」

「あたしは下戸《げこ》だし、ウーロン茶や煎茶があるのはありがたいね。ジュースは甘くて……」

甘い飲み物は苦手なんだよ、とタミは嬉しそうに笑った。

日本酒やビール、ウイスキーを取り混ぜて、食前酒と食中酒に分けた品書きというのは珍しいし、客にとってありがたい。これはいい試みだ、と感心していると、シンゾウの不満そうな顔が目に入った。ウメも気づいたのか、心配そうに声をかける。

「どうしたんだい、シンさん？」

「ずいぶん立派な品書きだが、よっぽど酒を知ってない限り、名前だけでは選べねえぞ」

シンゾウの答えに、マサは何食わぬ顔で言う。

「いいじゃねえか。ここに来るのはシンさんみたいに『よっぽど酒を知ってる』やつか、俺みてえに『酒ならなんでもいい』ってやつだろ？」

問題ない、と言い切るマサにトクも同調する。

「そうそう。食う前に呑むべき酒と、食いながら呑む酒がわかるだけで上等だよ」

「そうかもしれん。だが、ここにあるのは全部、前から置いてる酒ばっかりだよな？」

美音の穏やかな微笑みが、一瞬にして動揺に変わった。わずかに肩に震えが走る。まさに、刺されたくないところに一番鋭い剣を入れられた、という感じだった。

「がっかりだぜ、美音坊。せめて一本ぐらい、自分で探してきた酒が入ってると思ってたよ」

「シンさん！」

その場にいた客……いや、馨まで含めて、シンゾウを見る眼差しが一気に冷たくなった。ヒロシも、こんなに頑張って用意したのにそこまで言うのは酷すぎる、と思う。なにより、健吾が亡くなったあと『ぼったくり』は一日も営業していないのだから、在庫はたっぷりある。新しい酒を仕入れるにしても、ある程度在庫がなくなってから、と考えるのが常道だろう。

だがシンゾウは、周囲の目などものともせずに話し続ける。

「これが、『ぼったくり』を続けていけるかどうかの腕試しだってことはわかってるよな？」

「はい……」

『ぼったくり』をやっていく上で、『酒を選ぶ目』が大事だってことは？」

「わかってます……」

「それならどうして『酒を選ぶ目』を試させてくれねえんだ？　もしかして今後は、出入りの酒屋にでも任せきりにするつもりなのか？」

酒の銘柄をずらずら並べ、『当店は日本酒に力を入れています』と謳《うた》う店は多い。吟味を怠《おこた》らないところもあるが、中にはなにも考えずに酒屋に言われるままに仕入れる店もある。そんなだから、どういう基準で選んだか訊かれても答えられず、酒の管理もなっていない。

『ぼったくり』をそんな店にするつもりか、とシンゾウは美音を問いただした。

「この会を開くにあたって、新しい酒を用意しなかった。もちろん、新しい料理もない。これまでの『ぼったくり』の品書きから、売れ筋を適当に選んで組み合わせた。そういうことだろ？」

「違うよ！」

そこで馨が叫ぶような声を上げた。いつもの天真爛漫さはどこにもない。正面からシンゾウを睨み付け、マシンガンみたいに言葉をぶつける。

「適当に、なんて言わないで！　そもそも組み合わせたりしてないよ！　今日はお世話になったお礼だけど、本当の目的は腕試し。お姉ちゃんはそれが十分わかってるから、通り一遍の食事じゃなくていつもどおりの『ぼったくり』を目指した。品書きから好きな料理を選んで注文してください、ってことだよ。お姉ちゃんにとって、それがどれだけ大変なことだったかわかる⁉」

今までは、料理や酒を運ぶことが中心だった。カウンターの中に入ったとしても、与えられるのは補助的な仕事ばかり。もちろん、ひとりで仕込みを終えたことなどない。そんな美音が、仕入れから仕上げまで全部ひとりでやった。間違っても『適当』なんかじゃない、と馨は憤《いきどお》った。

「全部ひとりで？　馨ちゃんは手伝わなかったのかい？」

ウメの問いに、馨は申し訳なさそうに答える。

「そう、ひとりで。あたしだって手伝いたかったよ！　でもお姉ちゃんが手を出すなって。あんたには学校があるからって……」

美音と違い、馨は毎日学校に行く。朝の七時半過ぎに家を出て、帰ってくるのは早くても四時だ。

それでは、仕入れや仕込みを手伝うことはできない。腕試しなのだから、再開後と同じ状況にしないと意味がない、と美音は言ったそうだ。

「家で教えてもらった料理もあったけど、半分以上は作ったことがない料理。品数だって、けっこうなものだよ。でもお姉ちゃんは、お父さんの味を思い出しながら練習したの。ひとつひとつ、毎日毎日……」

朝から晩まで台所に立っていた。店にしかない道具が必要なときは、夜中でも『ぼったくり』に出かけた。寝る暇も惜しんで料理を作り続け、それでもなお、馨に任せたのは味見だけだったという。

「しかもね、こんな感じだった、ぐらいでは納得しないの。完全にお父さんの味が出せた、って思えるまで、何度でも作り直してた。ひとつの料理に二日も三日もかかることがあったよ」

「そいつは、毎日同じ料理が出てきてうんざりだな」

思わずマサが突っ込みを入れた。

いつもなら『ほんとだよー！』なんて笑うはずの馨は、依然として厳しい顔を崩さない。

「うんざりなんてしなかったよ。あんなに一生懸命なお姉ちゃんを見てたら、文句なんて欠片も出てこない。ずっと、どうかうまくいきますように、って祈ってた」

「そうだったのかい……。だとしたら、やっぱりシンさんはひどすぎる」

「まったくだ。美音坊はこんなに頑張ってるのに」

ウメとマサはしきりにシンゾウを責める。それでも、シンゾウはなおも厳しい意見をぶつける。

「それがどうした？　頑張りさえすれば店は立ち行くのか？　どれだけ頑張っても客が来なけりゃ意味がねえだろ」

「この人でなし！」

トクの怒号が響いた。まだ飲み物を決めてなかったのは幸いだ。手元にグラスなり盃《はい》なりがあったら、シンゾウの頭からぶっかけかねない勢いだった。

「気に入らねえなら二度と来るな！　『ぼったくり』は俺たちが支えてく！」

「そうだよ、美音坊。こんなやつの言うことなんて気にするんじゃない。そこまで頑張れるなら大丈夫さ。少なくともあたしは、今までどおり三日に一度はお世話になるよ」

ウメたちはしきりに美音を慰《なぐさ》めようとした。だが、美音はそんな言葉など耳に入らぬ様子で、シンゾウだけを見て言った。

「今日は、『ぼったくり』の味がちゃんと出せているかを確かめていただきたかったので、品書きは変えませんでした。『本日のおすすめ』も、父が作っていたものばかりです。父はいつも、料理に合わせてお酒を揃えていました。この品書きなら、今あるお酒で十分だと思ってしまったんです。でもそれは、私の甘えでした。たとえひとつでも新しい料理とお酒を入れるべきでした」

カウンターに座ったシンゾウは、腕を組んで厳しい表情を崩さない。美音は、シンゾウに品書きを差し出して言った。

「せめてお料理とお酒を合わせる力だけでも試してください。お好きな料理をおっしゃってくだされば、それに合うお酒をご提案いたします」

美音の顔をじっと見たあと、シンゾウは品書きを受け取り、すぐに注文を決めた。

「肉豆腐にする」

そしてまたシンゾウは美音の顔を見た。挑むような視線に怯《ひる》むことなく、美音は即答する。

「『月の輪』の無農薬米酒はいかがでしょう？」

「ほう……『無農薬米酒　月の輪』か……。温度は？」

「ぬる燗《かん》、冷や、冷酒、どれでもおすすめです」

「どう違う？」

「ぬる燗にすると香りがより感じられます。冷やだと米の甘みが深まりますし、冷酒は後味のキレが際立ちます」

「肉豆腐に合わせるなら冷酒？」

「うちの肉豆腐は少し薄味ですので、ぬる燗でも」

「よし。じゃあぬる燗で」

シンゾウが満面の笑みを浮かべた。美音の酒選びに満足した証《あかし》だろう。彼は、真っ直ぐに美音を見て頭を下げる。

「厳しいことばっかり言って済まなかったな。こいつは言い訳でしかねえが、美音坊や馨ちゃんが精一杯やってるのはわかってた。だが、商《あきな》いってのはそれだけじゃ済まねえってのを、しっかり知ってもらいたかった。あんたたちには酷だと百も承知で……」

「いいんです。わかってます。シンゾウさんは私たちのために心を鬼にして言ってくださったんですよね。この町の人はみんな優しくて、私たちは親を亡くしたばかり。厳しいことなんて言いたくないに決まってますし」

「まあな……」

「私たち、至らないところはたくさん、というよりも、至らないところばっかりです。お店を続けるにしても続けないにしても、いろいろなことを教えていただかないとやっていけません」

これからもよろしくお願いします、と頭を下げたあと、美音は妹に声をかけた。

「馨、他のお客様にも注文をお訊きして」

「あ、はい！」

固唾《かたず》を呑んで見ていた馨は、姉の言葉で我に返り、注文を取り始めた。今まで店に出たことはなかったはずなのに、てきぱきと手際よく注文を聞き取っていく。文字を書いている様子がないのが不思議で手元を覗き込んでみると、注文票にはあらかじめ料理や飲み物の名が書き込まれ、注文数に応じて正の字を書いていくスタイルだった。

ヒロシと同じように見ていたウメが言う。

「おや、注文票を変えたんだね。今までは枠線しかないやつだったのに」

「うん。いきなり全部の名前を覚えるなんてあたしには無理だし、間違えたらお客さんに迷惑がかかるでしょ？　だからお姉ちゃんに頼んで変えさせてもらった」

「もしかしてこれ、自分で作ったのかい？」

確かに馨が手にしている伝票ホルダーに挟まっているのは、既製の注文票ではなく、明らかに手作りとわかるコピー用紙だった。

「パソコンを使えばあっという間だし、自分で作れば『本日のおすすめ』も簡単に入れられるんだよ。手元に書いてあれば、お客さんに訊かれてもすぐに答えられるし」

『ぼったくり』は一日に何百人も客が来る店ではない。注文票は小さいからA４サイズの紙一枚で四枚は作れる。少し手間はかかるが、毎日手作りしたほうが自分にとっては楽なのだ、と馨は説明した。

「そいつはすげえカンペだな」

「カンペって言わないでー！　でもまあ、そのとおりなんだけど……」

恥ずかしそうに笑ったあと、馨は注文の続きを取り始めた。

飲み物の注文がまだだったトクはシンゾウと同じ『無農薬米酒　月の輪』を冷酒で、下戸《げこ》のタミはウーロン茶を頼んだ。みんなの手元に飲み物が揃ったところで、シンゾウが乾杯の音頭を取った。

「じゃ、乾杯！」

なんの挨拶もなく盃《はい》を上げたシンゾウに、ミチヤが突っ込む。

「おいおい、シンさん。一言ぐらいなんかないのかよ」

「挨拶なんてしてたら、酒が冷える！」

言い終わるやいなやシンゾウは盃に口をつける。

口の中で転がすように味わったあと、ゴクリと呑み込む。ほぼ同時に、突き出しの小鉢を配り終えた馨が言った。

「今日の突き出しは、もやしと白菜の胡麻《ごま》よごしです！」

「お、こいつはうちが納めた白菜だな？」

「そうでーす。すごく大きくて使い出があって、茹でてみたら甘みもたっぷり」

「おまけに旬で格安、もやしは安定のお値打ち価格、ときたもんだ」

得意げに語るヒロシに、堪《たま》らずミチヤも口を挟む。

「うちが納めた魚だって上等だぜ？　なあ、美音ちゃん！」

「はい。ワカサギの目は宝石みたいにきらきらでしたし、ブリもサワラも脂《あぶら》がたっぷり」

美音がカウンターの向こうから深々と頭を下げた。そこで立ち上がったのは、ヨシノリだ。

「待て待て、うちの肉だって負けちゃいないぞ！」

「ええ。豚も鶏もぷりっぷりでなにを作ろうか迷うぐらい。特に牛肉の切り落としは脂身と赤身のまじり具合が抜群で、肉豆腐にはうってつけでした」

「あーそれでおすすめに肉豆腐が入ってるのか。おや……しぐれ煮もあるな」

「そうなんです。タマネギと合わせてしっかり煮込みましたから、お酒にもご飯にもぴったりです」

「あたしにそれをおくれ」

ウーロン茶をちびちび飲んでいたタミが、注文を追加した。彼女はすでにワカサギの天ぷらを注文していたが、ご飯にもぴったりと聞いて食べてみたくなったのだろう。

「はーい！　タミさんに牛肉とタマネギのしぐれ煮一丁！」

馨の元気な声が響き渡る。つられて店のあちこちから、こっちにも一丁、俺には肉豆腐、などといった声が飛ぶ。カウンターの向こうでは美音が大忙しだった。

「で……どうなった？」

翌日、ヒロシは朝一番で『山敷薬局』を訪れた。腕試しの結果が気になってならなかったからだ。

ヒロシが参加した初回は無事終了した。目立った注文間違いもなく、酒もそれなりにスムーズに出された。最初こそ、料理の注文が重なったせいで少々時間はかかったものの、それ以後は一般的な居酒屋と変わらないペースでの提供が続いた。まだかな……と、カウンターのほうを窺うことがなかったのがその証《あかし》だろう。およそ二時間、十人の客は思い思いの酒や料理を注文し、存分に楽しんだ。近隣の人間が町内会の寄り合い以外で集まることは稀《まれ》なせいか話が尽きず、最後はシンゾウに追い立てられるように店から出された。誰もが満足そうな顔をしていたから、成功と言って間違いないだろう。

タミ以外は常連、あるいは仕入れ先だった初回に対して、二回目はこれまでほとんど『ぼったくり』に来たことがないメンバーだった。これは偶然ではなく、シンゾウがあえてそのように振り分けたらしい。ちなみにタミが初回に入ったのは、美音からの申し出らしい。タミはウメと似たり寄ったりの年齢で普段から仲もいいから、一緒のほうが楽しんでもらえるだろう、とのことだった。

いずれにしても、初回は『馴染み』、二回目は『ご新規』という組分けで、初回がうまくいったのはわかっている。気になるのは、二回目の首尾だった。

「二回目も無事に終わったのかい？」

店の前を掃除するために出てきたのを捕まえて訊《たず》ねてみると、シンゾウは苦笑まじりに答えた。

「まだ訊いてねえよ」

シンゾウは当初、二回目も店にいるつもりだった。だが、あまりにも初回メンバーが居心地良さそうで、自分だけ残るのは気が引けたそうだ。やむなく自分も退席し、二回目の様子はソウタとカナコに訊くことにしたという。ソウタはウメの息子でカナコは彼の婚約者だ。カナコは町内にあるアパートに住んでいるが、ソウタとの結婚が決まって仕事を辞めた。カナコを訪ねれば、ソウタの意見を含めた感想を聞くことができるだろう、とのことだった。

「そうか。じゃあ、今から訊きにいこう！　俺も一緒に行く！」

「まあ待て。あいわらずせっかちだな。まだ十時にもなってねえ。もう少しあと、できれば昼過ぎぐらいに訊きに行くつもりだ」

「昼過ぎ！　そんなに待っちゃいられねえよ！　気になって仕事も手につかねえ」

「気持ちはわからんでもない。だが、いくらカナちゃんが家にいるとはいっても、朝っぱらからってのは……」

すぐに行きたいヒロシと、待つべきだというシンゾウ。ふたりが押し問答のようになっているところに、やってきたのは当のカナコだった。

「シンゾウさん、おはようございます！　あ、ヒロシさんも」

ふたりを見つけて小走りに近づいてきたカナコは、ちょうどよかった、と笑った。

「早いな、カナちゃん」

「シンゾウさんが気にしてらっしゃるかと思って。一緒にいらっしゃるってことは、ヒロシさんもですね？」

　ククク……と鳩みたいに笑ったあと、カナコは二回目の様子を話し始めた。

　カナコとソウタはもちろん、他の参加者たちも大満足。これまで来たことがなかったけれど、営業再開の暁《あかつき》には、是非また来たいと言っていた。きっと何人かは将来の常連になるだろう、というのがソウタの感想らしい。

「そうか、ソウタも絶賛、未来の常連もたっぷり！　それなら安心だな！」

　腕試しは大成功。これなら『ぼったくり』の再開は決まったようなものだ、とヒロシは嬉しくなる。だが、シンゾウは難しい顔で考え込んでいる。

「どうした、シンさん？　なんか気になることでも？」

「俺よりもカナちゃんだな」

「は？」

　そう言われてカナコを見ると、彼女はいたずらを見つかった子どものような顔をしていた。

「さすがシンゾウさん……鋭いですね」

「ってことは、カナちゃんはソウタとは違う見方をしたってことだな」

やっぱりな、と頷き、シンゾウは話の先を促《うなが》した。

「私は前の『ぼったくり』には行ったことがないから、美音ちゃんのお料理が大将に比べてどうかは判断できないけど、どれもすごく美味しかったと思うわ。でも、とにかく美音ちゃんがいっぱいいっぱいなのが気になって……」

見るからに張り詰めていた。気の毒になって、注文をためらうほどだった、とカナコはため息を漏らす。そういえば、ヒロシが参加した回も、美音は終始眉間に皺《しわ》を寄せていた。時折、客の視線に気づいて無理やりのように笑うけれど、客の注意が離れればすぐにもとどおり。難しい顔で煮炊きを続けていた。真剣を通り越して、鬼気迫る雰囲気だった、とカナコは言う。

とはいえそれは、昨日が特別な意図を持った集まりだったからだろう。ヒロシにはそうとしか思えなかった。

「誰だって腕試しだってわかってたら緊張するだろうさ」

ヒロシの庇《かば》うような発言に、カナコは小さく頷きつつも、腑《ふ》に落ちない顔だ。そこに降ってきたのは、シンゾウの断罪するような言葉だった。

「客が料理人に遠慮して、ろくに注文できないような店は困る。どれだけ旨くても、金を出して気を遣うなんて、俺はまっぴらだな」

「それは慣れてくうちにおいおいと……。そもそも健吾さんだって、店ではろくに笑いもしなかったじゃねえか」

「確かに大将は愛想なんて言葉は知らねえんじゃねえか、って疑いたくなるような人だった。だが、あの人が料理をする様子は、見ていてほれぼれするぐらいだったよ。一切迷いがない。手がやり方を全部覚えてて、勝手に動いてるみたいな……」

「だから、その道何十年の健吾さんと、修業を始めたばっかりの美音坊を比べるのは酷だって！」

「それを比べるのが客ってもんだよ。そして、前より劣ると思ったら足が遠のく。もっと言えば、初見だったとしても、そんな余裕のない料理人を見たら逃げ出したくなる」

「さすがに逃げ出そうとは思わないけど、心配にはなるわね」

「じゃあ、美音坊たちは失格ってことか？『ぼったくり』の再開は認めねえ、ってあんたは言うんだな!?」

思わず語気が荒くなる。

そもそも『ぼったくり』は健吾夫婦が作った店だ。ふたりがいなくなった今、続けるも続けないも残された娘たちの自由だ。赤の他人が腕試しをすること自体が間違っている。いつから俺たちはそんなに偉くなったんだ、と思うぐらいだった。

それでも、美音自身が納得していたし、むしろ積極的だったから参加したが、こんなふうにケチをつけられるなら、もっと反対しておけばよかった。そうすればいたずらに姉妹を傷つけることもなかったのに、と後悔することしきりだった。

「まあそう息巻くな、誰も失格なんて言ってねえよ」

「そうよ。もうちょっとやり方を考えたほうがいいってだけじゃない」

シンゾウとカナコに両側から宥《なだ》められ、ヒロシはなんとか荒くなりかけた息を治めた。

「やり方を変えるって、どんなふうに？」

「品数を減らしたらいいと思うの。あんなにたくさんあるから、注文がばらけちゃって、いろいろなことを一度にやらなきゃならなくなる。ある程度絞り込めば、あそこまでバタバタにはならないんじゃないかしら」

カナコが考え考え口にした意見に、シンゾウは諸手を挙げて賛成した。

「そのとおり！　大将は高校を出てすぐこの道に入って、いくつも店を変わりながら修業したって聞いた。詳しくは知らねえが、たぶん和食も洋食も中華も、経験があるんじゃねえかな。もしかしたら甘味だって勉強したかもしれない。そんな男と同じようにいくはずがねえ」

「じゃあ、基本的なことは全部身についてるってことね。だからこそ、あれだけの品数を揃えられた。それを美音ちゃんが真似するには無理があるわ。最初は少ない品数で、慣れてきたら増やせばいいのよ」

「美音坊は、『ぼったくり』を変えたくなかったんだよ。だから、今まで親父さんの品書きに載ってた料理は全部出そうって……」

「ヒロシさんの言うことはわかるわ。昨日は腕試しだったから余計に。実際、美音ちゃんはすごく頑張った。でも、同じことを毎日しなきゃならないとなったら、やっぱり心配よ。それにね……」

そこでカナコはいったん言葉を切り、シンゾウの顔を見た。おそらくこのまま続けていいのかどうか、自分でも迷ったのだろう。

「聞いてるのは俺たちだけだ。まずいと思ったら美音坊には伝えねえ」

だから思ったことは全部聞かせてくれ、というシンゾウの言葉に安心したのか、カナコはまた話し始めた。

「品数を揃えるってことは、それだけたくさんの材料がいるってことでしょ？　来るかどうかもわからないお客さんのために、冷蔵庫が一杯になるほど仕入れるのは無駄だと思うのよ。『八百源』さんの前で言うことじゃないけど……」

「なんだ、美音坊じゃなくて、ヒロシを気にしたのか」

ははははっと盛大に笑ったあと、シンゾウはヒロシに向き直って訊《たず》ねた。

「確かに、品数を減らせば仕入れも減りかねない。でも、ヒロシにしてみれば、使い切れなくて腐らせるくらいなら、いっそ仕入れないほうがマシなんじゃねえか？」

「そのとおり」

先日美音は、使い切れなければ家で食べればいいと言っていた。だが、店用に仕入れたものを家で食べるのは、もうこれ以上置いておけないという判断のもとだろう。腐りかけとまでは言わないが、鮮度は落ちているに違いない。

「仕入れたものをどうしようが客の勝手かもしれないが、俺はできるだけ早く、なるだけ旨い状態で食ってほしい。それができないなら、他で食ってもらったほうがいい」

「おめえはいい八百屋だよ」

「ほんと、野菜を大事にしてるのねえ……」

「当たり前だ。俺にとっちゃ、店の野菜は娘みたいなもんだ。いつだって、どうか嫁入り先でかわいがられてくれ、って気持ちで送り出すんだ」

「かわいがられるもなにも、嫁入りするなり食われちまうんだけどな」

わけがわからん、とシンゾウはまた笑う。それでもヒロシの気持ちは通じたのか、カナコに言った。

「うちの商店街は、こんなやつばっかりだよ。『魚辰』にしても『加藤精肉店』にしても、無理な商《あきな》いは持ちかけねえ。先々のことだってちゃんと考えてる。たとえ『ぼったくり』に納める量が減ったとしても、店が潰れて取引がなくなるよりずっといい。一言で言えば『共存共栄』、お互いが損をしないで済むような商いを心がけてるんだよ」

「だったら、余計に『ぼったくり』にはスロー発進をおすすめするわ。細く長くのおつきあい」

品数を減らして、美音が余裕を持って料理できるようにする。どれを残すか判断するのは難しいが、美音はこれまでも店を手伝っていたのだから、ある程度の売れ筋はわかっているだろう。『本日のおすすめ』にしても、健吾のようにずらずら並べるのではなく、せいぜい三、四品、安くて手に入りやすい旬の食材を中心に組み立てるべきだ——そんなカナコの意見は、非の打ちどころがないものだった。

「カナちゃん、ありがとう。忌憚《きたん》のない意見、参考になったよ」

「どういたしまして。でも、勘違いしないでね。褒めるところはいっぱいあったのよ。美音ちゃんも馨ちゃんも、びっくりするぐらい頑張ってた。特に馨ちゃんは、これまでお店の手伝いなんてしたこともなかったって聞いてたけど、お料理も飲み物もすいすい運んでたし、どんなお料理なのか訊《たず》ねられても、ちゃんと答えられてた。お酒の説明こそ美音ちゃん任せだったけど、真剣な顔で聞いてたから、そのうち自分でも説明できるようになるんじゃないかしら。でも、褒めるのは他の人が十分やってると思ったから……」

「わかってるよ。褒めるのは簡単だし、言うほうも言われるほうも気持ちがいい。あえて苦言を呈するのは、相手のことを真剣に考えてる証拠だ」

「ありがとうございます。ということで、私のレポートは以上です」

ソウタは毎日仕事で帰宅が遅いし、そもそも酒が強くない。呑んだら眠くなるタイプなので、仕事の付き合いでもない限り外で呑むことはない。『ぼったくり』が再開しても、自分たちが客として訪れることはないかもしれないが、ウメはこの店をとても大切に思っている。ウメのためにも、末永く続けていってもらいたい、とカナコは結んだ。

「未来の姑《しゅうとめ》の心配か……。いい子だな、カナちゃん。カナちゃんの気持ちは、美音坊たちにも伝えとくよ。きっと喜ぶ。本当にありがとう」

ヒロシとシンゾウは改めて頭を下げ、小走りで戻っていくカナコを見送った。

†

腕試しから一週間後、店を閉めたヒロシは『山敷薬局』を訪ねた。

シンゾウは腕試しに参加した全員から聞いた感想をまとめ、今日にでも美音に伝えにいくと言っていた。美音の反応が知りたかったのだ。

閉店作業をしていたシンゾウは、入ってきたヒロシを見るなり、困った顔になった。

「どうしたシンさん？　やけに景気の悪い顔して」

「やらかしちまった……」

腕試しの感想を聞かされた美音は、かなり落ち込んでしまったらしい。

悪いところよりもいいところのほうがずっと多かったはずなのに、と首を傾げたヒロシに、シンゾウは申し訳なさそうに言った。

「美音坊の質を見誤った。悪い評価が百のうちにたったひとつだったとしても、それしか目に入らない。あの子には、九十九の高評価なんてないも同然になっちまうらしい。ひたすら自分を責めて、どうしたらいいか悩みまくって……」

「別にいいだろ。悪いところは直すべきだし」

「それはそうだが、とにかく必死なんだ。あそこまで完璧主義だと先が思いやられる」

悪いところを全部なくさなければ、と懸命になればなるほど追い詰められる。カナコの指摘があったから、今後は客の前で難しい顔をしないよう躍起《やっき》になるだろうが、それすらもきっと美音には負担だ。店を続ける限り、問題は次々発生する。悩み続けて、いつか壊れてしまうのではないか、とシンゾウは心配した。

「美音坊があそこまで思い詰めるなんて……。いっそいい評価ばっかり聞かせるんだった……」

「いやいや、それじゃあ腕試しをした意味がないし、本人だって納得しねえ。第一、問題が出てくるのは店のことばっかりじゃない。生きてる限り、なにかしらあるもんさ」

「そりゃそうだけどな……」

「で、馨ちゃんのほうは？」

「いや、美音坊にしか聞かせてない」

美音の希望で、結果は馨のいないところで、となったらしい。

馨は末っ子、しかも美音が生まれてから五年も経って、もう次の子は望めないのでは……と思ったころにひょいと生まれた子どもだそうだ。そのせいもあったのか、美音に比べてかなり甘やかされて育った。その『甘やかし』に当の美音まで荷担したぐらいだから、ある意味鉄壁の『箱入り娘』である。その馨が初めて店に出るだけでも大変だったはずだ。馨に改善点があるにしても、自分の口から時と場所を選んで伝えたい、とのことだったそうだ。

そこまで聞いて、ヒロシは半ば呆れてしまった。

「一番に改善すべきは、そういうとこなんじゃねえの？」

「そういうとこって？」

「まさか、シンさんまで気づいてねえのか？　そうやって美音坊や周りの大人が『おみそ』扱いしてたら、いつまで経っても馨ちゃんは一人前になれねえ。ふたりでやってくつもりなら、馨ちゃんにも覚悟を決めてもらわねえと」

「とはいっても、馨ちゃんはまだ高校生だし……」

「美音坊が、馨ちゃんの年だったころはどうだった？」

その言葉で、シンゾウははっとしたようにヒロシを見た。高校生だったころの美音が、今の馨とあまりにも違うことに気づいたのだろう。

「美音坊は、店の手伝いこそ高校に入ってから始めたけど、それまでだってあの一家にとっては重要な『戦力』だったよな？」

それまでどころか、馨が生まれたときから一生懸命に面倒を見ていたはずだ。授乳やおむつはどうしようもないけれど、赤ん坊はただかまってほしくて泣くこともある。そんなときは、両親の手を煩《わずら》わせずに済むよう、ひたすら美音が相手をしていたのではないか。

この町に引っ越してきたころ、馨はまだ保育園児だった。だが、その馨が小学校に上がり、保育園よりずっと早く帰宅するようになったあとは、遊ぶときも、買い物に行くときも一緒。美音が中学生になるころには、馨の相手だけではなく、家事もかなりの割合で引き受けるようになっていた。

そんな『最高級のお姉ちゃん』のおかげで、馨は、店はおろか家の手伝いすらろくにしないままに今に至る。ヒロシには、このままだと馨が一人前になれない、という指摘は間違っていない自信があった。

「馨ちゃんが成長する機会を奪っちゃやなんねえ。それが美音坊の一番の改善点だと思うよ」

「ぐうの音も出ねえ……」

「町内のご意見番の鼻を明かしてやったぜ！」

へへん、と鼻を鳴らしたヒロシの腹に軽いパンチを入れ、シンゾウは歩き出した。話している間に閉店作業は終わらせていたから、美音の家に向かうのだろう。慌ててヒロシもついていく。時刻は八時を過ぎたところ、よその家を訪ねるには遅い時刻だが、シンゾウが携帯で連絡していたから問題ないはずだ。

小さな木造二階建ての家は、健吾夫婦がいたころと変わらぬ佇《たたず》まいだった。

それだけで、普段美音がどれほど家事に勤《いそ》しんでいるかがわかる。一般的に言えば、家事の主たる担い手は母親、あるいは父親だろう。そのふたりが急にいなくなってもなんら変わりがないのだから、以前から家の周りの掃除や片付けは美音の仕事だったに違いない。両親亡きあと、普段どおりの暮らしができていること自体、驚くべきことだろう。美音の精神力の賜《たまもの》だとも言えるが、ヒロシはやはり無理をしすぎているようで心配になった。

「こんばんは、シンゾウさん！　それにヒロシさんも！」

玄関を開けたのは馨だった。微かに水音が聞こえるから、美音は洗い物でもしているようだ。

「遅くに済まねえな。早いうちに済ませたほうがいいと思って」

「なあに？　なにか難しい話？」

きょとんとしたような顔を見る限り、馨は腕試しの結果について詳しく聞かされていないようだ。

おそらく美音は、馨に関わる、しかも褒められた点だけをかいつまんで話したのだろう。

「難しいってこともねえが、昨日の話にちょいと付け足しとこうと思ってな」

「そうなんだ……。まあいいや、とにかく上がって！」

「ここでいいよ」

「だめだよ、ここ寒いし！」

「確かにちょいと冷えるな。俺ひとりなら、若い娘ふたりだけの家に上がり込むのはまずいかもしれんが、幸い今日は町内会長様がご一緒だ。お邪魔するよ」

「そうして、そうして。お姉ちゃーん！　シンゾウさんとヒロシさんだよー」

シンゾウは馨に引っ張られるように家に上がっていく。

ふたりが通されたのは、台所と一続きになった居間だった。四人で丸いちゃぶ台を囲むように座り、シンゾウの話が始まった。このままでは馨が一人前にはなれないと……

「――全然気がつきませんでした。教えてくださってありがとうございます」

話を聞き終えた美音が、神妙な顔で頭を下げた。

伝えたほうがいいことに間違いはないし、そもそも言い出しっぺは自分だ。それでも、美音たちの家に向かって歩いているうちに、馨の前でこの話をするのはいかがなものか、と思い始めていた。

馨は今まで、家族みんなに甘やかされ、こっぴどく叱られた経験などなさそうに思える。そんな馨にいきなり、今のままでは一人前になれない、美音にとってもお荷物だ、と突きつけるのはショックが大きすぎる気がしたのだ。

だが、いることがわかって訪ねておいて、馨に席を外せというのは憚《はばか》られるし、シンゾウはためらいなく話を始めた。最初はいつもどおりに茶々を入れながら聞いていた馨は、案の定、途中から押し黙ってしまった。

シンゾウは黙って馨を見ている。しばらく畳の一点を見つめていたあと、馨はやっとのように声を出した。

「お姉ちゃん、ごめん……。あたし、『ぼったくり』を続けるのがどれぐらい大変か、全然わかってなかった。それどころか、あたしも手伝うんだから大丈夫、なんて甘いこと考えて……。それに、今までお姉ちゃんが、あたしの面倒を見てくれるのも当たり前だって思ってた。だって、お姉ちゃんなんだから、って……」

シンゾウに言われて気づいた。

普通の姉は、少なくとも馨の友だちの姉たちは、ここまで妹の面倒を見たりしない。遊びに行く際に、妹がついて行きたがったとしても連れてはいかない。美音が小学生だったとき、ひとりで遊びに行くことなどなかった。遊ぶ約束をするときは必ず、妹も一緒でいいか確かめ、だめだと言われたら断っていた。おまけにそれは、たまたま親が出かけている日だけということではない。毎日

毎日のことなのだ。そんな話、美音以外から聞いたことがなかった。

　両親が急逝して驚いたし、傷つきもした。それでも、馨の生活そのものに大きな変化はない。それは、これまで両親と美音が分担していた家事を、美音がひとりで引き受けてくれたせいだ。

　炊事、洗濯、掃除……家事は始めたら切りがない。馨のように通学の必要はないにしても、この上『ぼったくり』を再開させたとしたら、美音の負担はいかばかりか。そんなことも考えずに、高校生なのに店の手伝いをするなんて偉い、と自惚《うぬぼ》れてまでいた。ろくに役になんて立たないくせに……と馨は泣きそうな声で言った。

「ほんとにごめん。やっぱり『ぼったくり』の再開は……」

「いや、そういうことじゃねえんだ」

　シンゾウが弱りきった声を上げた。

　シンゾウ、そしてヒロシは、美音の負担を減らしたかった。そのために、わざわざ話しに来たのだ。ひとりで抱え込んだ荷物を馨にも持たせることで、それが可能になると……

ところが馨は、荷物そのものを減らすことを考えている。自分が背負える量なんてたかだかしれている。姉の助けにはならないと思い込んでいるのだ。

「そういうことじゃない、ってどういうこと？　いくらあたしがお店に出ても、できるのはお料理やお酒を運ぶことぐらいだよ。家事だってぜんぜん」

「誰だって最初は失敗するもんだろ？　ちょっと頑張れば……」

「ちょっと頑張って、って、その頑張ってる間はどうするの？　失敗してお姉ちゃんの仕事を増やしちゃうだけじゃない。お父さんやお母さんがいて練習するのと、今のお姉ちゃんの足をあたしが引っ張るのとじゃわけが違うよ」

もっと早くにいろいろやってみなかった自分が悪い。もう取り返しがつかない、と馨はしょげかえった。

そのとき、美音が毅然とした声で言った。

「馨、それは違うわ」

「お姉ちゃん……」

「あんたはなにもできないわけじゃない。これまでやってこなかっただけ。そして、そんな状況を作ったのは私。悪いのは、これまであんたになにもやらせようとしなかった私だわ」

「そうかもしれないけど、やっぱり、やってもらって当たり前、自分はなにひとつ手を出そうとしなかったあたしが一番悪い！」

「あーもう、面倒くせえ！」

思わず出た乱暴な言葉に、自分でびっくりした。それでも、それは紛れもなくヒロシの本心で、困り顔でひたすら自分を責め続けている姉妹をなんとかしたい気持ちの裏返しでもあった。

「どっちが悪かったなんて、関係ない。どうしても悪者を作りてえなら、それはあんたらの親ふたりだ。あんまりにも美音坊におっかぶせすぎだ」

「それは仕方がなかったんです。お父さんもお母さんも実家から離れてて、他に助けてくれる人がいなかったし……」

これだけは譲れない、と言わんばかりの美音に、ヒロシは言い返す。

「そんなこたあ百も承知だ。それでも、端から見てても美音坊は気の毒だった。もうちょっと自分の楽しみってやつを味わわせてやりたいって思うぐらいだった。美音坊がおとなしいのをいいことに健吾さんたちときたら……」

「ヒロシ、言いすぎだ！」

「ああ、言いすぎだよ！　でもな、このあたりのみんなが思ってることだよ。『美音ちゃんはいい子すぎるぐらい、いい子』って褒める一方で、健吾さん夫婦に眉をひそめてた。そんなに大変なら人を雇うなりなんなりすればいい、ってな」

「そう……だったの？」

姉妹が揃ってヒロシを見た。続いて隣に目を移し、シンゾウに目を逸らされ、唖然とする。

「本当なんだ……お父さんたち、そんなふうに思われてたんだ……」

「『ぼったくり』の店主としての健吾さんはすごかった。でも親としてはどうなんだ、って俺は思ってた。そりゃあ、ちゃんとかわいがってはいただろう。しっかり躾《しつ》けて、だからこそ頼りにもできた。でも、うちの子はあんなふうにはさせないって。もっと言えば、いつか美音坊が大噴火するんじゃないか、って危ぶんでもいた」

いわゆる『いい子』だった子が、あるときいきなり反抗し始める。押し縮めたバネがはじけるように……そんな日が久保田家にくるのではないかと心配していた。幸か不幸か、そうなる前に健吾夫婦は亡くなってしまった。今も、自分が悪いと言い続ける美音を見ていると、そうやって年に似合わぬ責任を押しつけられ続けた結果ではないか、と勘ぐりたくなるほどだった。

「とにかく、自分を責めるのはやめるんだ。これまでのことはこれまでのこと。誰が悪かったとしても、大事なのはここから。あんたたちの親はもういない。これからはふたりでやってくしかねえんだ。失敗を怖がってちゃなにもできねえ」

「ヒロシの言うとおりだ。やるほうもやらせるほうも、そこそこ忍耐ってもんがいるんだよ！　どうせなくなっちまうかもしれなかった店だ。馨ちゃんを信じて、やれそうなことからやらせてみろよ」

シンゾウとヒロシにふたりがかりで言われ、姉妹はようやく責任の押し付け合いならぬ、奪い合いをやめた。

「お姉ちゃんから見たら、あたしなんて危なっかしくてしょうがないだろうけど、普通の高校生なんてこんなものだよ。むしろ、他の子よりもしっかりしてるんじゃないかって思ってるぐらい。これからもっともっと頑張るから、長い目で……あ、長い目じゃ、間に合わないか」

「そうだなあ。できれば急ピッチで頼むわ」

ヒロシに茶化され、馨はえへへ……と笑う。

締めくくるようにシンゾウが言った。

「急《せ》いては事をし損じる、って言葉もある。ま、確実に、でもちょーっとだけ早足で、ってとこだな。俺もできる限り協力する。困ったことがあったら、遠慮なく言ってくれ」

「ありがとうございます」

「頼りにしてるよ、シンゾウさん！」

「おいおい、俺だっているんだぞ！　町内会長をお忘れなく！」

「はーい！　よろしくね、ヒロシさん！」

底抜けに明るい馨の声で、結果報告は終了となった。

いきなりの事故報告、葬儀、その後のあれこれから腕試しに至るまでをすぐ側で見守ったヒロシは、ようやく一安心といった心地だった。

実際に『ぼったくり』を再開させるとなったら、まだまだいろいろな問題が浮上するだろうし、壁にぶち当たる日もあるはずだ。それでも、この姉妹のためにできることはなんでもしよう。娘たちに心を残して逝《い》ったに違いない先代夫婦のためにも……

そんなことを思いながら、ヒロシは若い姉妹を眺める。彼女らの後ろに頷き合う健吾と奈津美の姿が見えたような気がした。

ゴボウの話

私たちが日常的に食べているゴボウですが、実は世界的に見て、ゴボウを食品として食べる文化はかなり珍しいもの。戦時中に外国人捕虜にゴボウ料理を出したら、木の根を食べさせた、虐待だ、と騒がれたというほど、海外では馴染みのない食材のようです。そのうえ、昨今では日本の消費量も減りつつあるとかないとか……

ゴボウは煮物、炒め物、天ぷらに炊き込みご飯といった和食はもちろん、サラダやドリアといった洋食にも馴染みます。美味しいだけではなく栄養豊富で食物繊維もたっぷり、血糖値の上昇も防いでくれるという健康野菜。レトルトや冷凍されたものも市販されていますので、是非食卓に加えてみてください。

獣医師の胸焼け

鶏唐揚げの大葉ソース掛け
刺身の盛り合わせ
エボダイ煮付け
焼きナス
山かけうどん

――毎日暑いなあ……。こんなに暑いと、人間はもちろん動物だって堪《たま》らないよなあ……

ケージの中にうずくまっている犬や猫を眺めながら、里美裕介《さとみゆうすけ》はため息を吐いた。

裕介は獣医師で、同じく獣医の父親、頼人《よりと》と一緒に動物病院『里美クリニック』を営《いとな》んでいる。

外来診察が昼休みに入ったので、食事をとる前に預かっている動物たちの様子を見に来たところだった。

今日は朝から夏晴れ、窓の外に目をやれば真っ青な空に映える庭木の緑が見える。あまりにも気持ちの良さそうな風景に、病気やケガがあるものはともかく、飼い主の不在で預かっている子たちぐらい散歩に連れていってやりたくなる。

だが、エアコンが効いた室内から一歩外に出れば、うんざりするほどの暑さが待っている。道路はアスファルトが溶け出さんばかりの熱さだし、むき出しの地面がある公園に連れていったところで、照りつける日差しは耐えられたものではない。犬や猫はあっという間に熱中症になってしまうだろう。

――すまないな。昼休憩のスタッフが戻り次第、地下の運動場に連れていってもらうから、もうちょっと待っていてくれ。

『里美クリニック』は都内にしては大きな動物病院で、旅行や出張による不在、あるいは体調不良の飼い主のためのペットホテルも兼ねているため、地下に運動場を備えている。

普段なら散歩に連れていくが、今日のような酷暑、あるいは極寒といった場合は、そこを利用していた。

スタッフの加治満里奈《かじまりな》は、十三時過ぎに昼休憩に入った。今は十四時になろうとしているところだから、そろそろ戻ってくるはずだ。

そんなことを考えていると、ペットホテルとして使っている部屋のドアが開き、満里奈が入ってきた。もっぱらペットホテル部門のスタッフなので、服装もTシャツにデニムパンツという気楽なものだ。満里奈は壁に掛けてあったエプロンを手早く身につけ、ケージに近づく。

「戻りました。この子たち、地下に連れていきますね」

「ああ、頼むよ」

「お待たせ、みんな。じゃ、ちょっと運動しましょうか！」

満里奈が言い終わるか言い終わらないかのうちに、犬たちが立ち上がった。一瞬、言葉がわかっているのか？　と思いそうになるが、今いるのは何度か預かったことのある犬ばかりなので、満里奈のことを覚えているのだろう。

その証拠に、どの犬もさかんに尻尾を振りつつ、満里奈の姿を目で追っている。俺には目もくれなかったのに……と悔しくなるが、いつも世話をしてくれている人間と、たまに様子を見に来るだけ、あるいは治療という名の『嫌なこと』ばかりする裕介とでは対応が違うのは無理もない。

猫にしても尻尾を振りこそしないものの、立ち上がってケージの奥から入り口近くに寄ってきている。犬たちが運動を終えたあとは、猫の番だ。それまでは、またのんびり待っているに違いない。

ことをもなし、と心の中で呟き、あとを任せて部屋を出ようとしたとき、満里奈が声をかけてきた。

「そういえば、この間、タクちゃんが来てましたよ」

「タクちゃん？」

「ほら、以前、裕介先生のお友だちからまとめて五匹預かった……お友だちというか、正確にはお友だちのお知り合い？　なんだか印象的《インプレッシブ》な名前の居酒屋さんに迎えに行ったじゃないですか」

それを聞いた裕介の脳裏に友人、佐島要《さしまかなめ》の顔が浮かんだ。

要と出会ったのは高校生のときだった。

彼は授業中も寝てばかり、先生や先輩方にも反抗的だったし、世の中すべてが気に入らないといった様子だった。付き合っている仲間の大半はいわゆる『不良』というやつで、一緒に騒ぎを起こして停学になりかけたこともある。始終暗い目をして、たまに笑うことがあっても『嘲笑』としかいいようのない感じだったのだ。

一方、裕介は生まれたときから動物がいるのが当たり前の環境で、傷ついたり病気になったりした動物を父親が一生懸命に治療する姿を見て、自分も同じような仕事をしたい、動物を助けたいと考えていた。

人、動物を問わず、ケガや病気を治すための職業に就《つ》くのは大変だ。膨大な知識はもちろん、体力だって必要だ。当時の裕介は、それらを得るために必死だった。当然、要との接点はひとつもなかった。

同じクラス、しかも出席番号が五十音順だったため、佐島と里美は続き番号で、授業中に前の席で突っ伏して眠る要を見るたびに、こんな男とは関わりたくないと思っていた。

そう、あの出来事があるまでは……

「裕介、おまえ佐島って知ってるか？」

残暑がようやく去り、朝夕に寒さを覚えるようになった高校三年のある日、父が裕介の部屋のドアから首を出して訊《たず》ねた。確か夜の十時近く、数学の難しい問題にうんうん唸っていたときのことだった。

「佐島……佐島要かな？」

「ああ、そんな名前だった」

「同じクラスだよ。あんまりからみはないけど。どうして？」

「さっき電話をかけてきて、猫を呼び寄せるにはどうしたらいいかって……」

「呼び寄せる？　飼ってる猫？」

昔と違って、今は猫も犬も室内で飼うことが増えた。飼い始めたばかりであまり慣れていない猫を逃がして困っているのだろうか。

登下校の際に最寄り駅でよく出くわすから、家が近所だということもわかっている。とりあえず近所の動物病院ということで電話をかけてきたに違いない。

ところが、呼び寄せたいのは飼い猫ではなかった。

「野良の子猫らしい。車のエンジンルームに入り込んで出てこないんだとさ。このままでは車が動かせないから、なんとか外に出したい、って本人は言ってるんだが、それもどうだか。むしろ、心配でどうしようもないって感じだった。とりあえず、行ってみるけどな」

クククッと笑いながら父が言う。

おいおい、動物に優しい不良ってあまりにもステレオタイプすぎるじゃないか、と思ったものの、獣医を志《こころざ》す身としては捨ててはおけない。

自分にできることはなさそうだと思いつつも、無視はできなかった。

「どこらへん？　俺も行くよ」

「勉強はいいのか？」

「ちょうど行き詰まってたところだし、気分転換がてら」

「そうか。じゃあ一緒に行こうか」

そしてふたりは、いったんクリニックに寄って、猫の気を引くための餌やおもちゃを揃えたあと、子猫が窮地に陥《おちい》っているという場所に急いだ。

「……でかい家だな」

『里美クリニック』から車で走ること五分、それが、父親とともに『現場』に到着した裕介の第一声だった。

裕介の家とてけっして小さくはない。建物そのものはもちろん、自宅とクリニックの両方が建っているし、クリニック用の駐車場まで備えているのだから、敷地もかなりの広さだ。遊びに来た友だちに『すげえ、広い！』と言われるのが当たり前だった。

その裕介が思わず『でかい家』と言ってしまうほど、佐島要の家は大きかった。さすがにクリニックは建っていないが、その代わりに離れがある。おそらくその離れと裕介の家が同じぐらいの大きさだろう。

父は父で、なるほどな……なんて頷いている。

どうしたのかと思ったら、この家について知っていたらしい。

「そんな気はしたんだが、やっぱり佐島建設だったんだな」

「佐島建設？」

「知らないのか？　かなり大手の建設会社だぞ。国内だけじゃなくて、海外でも手広く仕事をしてる。ここらでは有名な金持ちだよ。確か息子がふたりいたはずで、おまえのクラスメイトは下のほうだろう」

「ちっとも知らなかった」

「おまえは人間に興味がないからな。でも、人間だって動物の一員なんだから、もうちょっとなんとかしたほうがいい」

「言葉をしゃべるやつは面倒だ」

「患畜を連れてくるのは全部人間だぞ」

「そりゃそうだけどさ……」

父が苦笑いしつつ道路沿いに車を止めたところで、要が近づいてきた。どうやら、玄関先で待っていたらしい。車があまり走っていないのをいいことに運転席側に回り、ぺこりと頭を下げる。

「遅くにごめんなさい。車はこっちに」

要の誘導に従って敷地内に車を停めた。餌やおもちゃの入った袋を持って車から降りた裕介を見て、要が申し訳なさそうに言った。

「里美も来てくれたんだ。ごめんな、勉強の邪魔して」

「いや、いいよ。数学難航中だったし」

「おまえでも難航することあるのか……」

「あるに決まってる。それより猫は？」

「そうだった。こっちなんだ」

三人で家のほうに歩いて行くと、駐車場がもうひとつあった。どうやらさっきのところは来客用、ここは家族用らしい。三台分のスペースのうち、二台が埋まっている。いずれも高級外車の代名詞とされる車種で、一台はステーションワゴン、もう一台がセダンだ。要によると、子猫が入り込んだのは、セダンのエンジンルームとのことだった。

どれどれ、と親子そろって屈み込もうとしたとき、小走りの足音が聞こえた。数秒後、姿を現したのは裕介の父と同じぐらいの年齢の男性、おそらく要の父親だろう。

「里美先生、夜分に申し訳ありません。息子が勝手に電話をしたようで……」

要の父はそう言ってしきりに恐縮する。ついでに要の頭を軽く小突いて窘《たしな》める。

「連絡するにしても朝になってからでいいだろう。どうせ夜は、車は動かさないんだし」

「そりゃそうだけど……なんか気になって……。それにホームページを見たら明日は休みだって書いてあった。それなら今だって同じだろうって」

そこでタイミングよく子猫が鳴いた。弱々しい声を聞くなり、父が動いた。

「電話してもらってよかったよ。佐島さん、ボンネットを開けてもらっていいですか」

「もちろん」

要の父親はすぐに車のドアを開け、ボンネットのロックを解除するためのレバーを引く。カシャッという音を待って、要がボンネットを持ち上げた。

「見えないな……」

持参の懐中電灯で照らしてみても、子猫の姿は捉えられない。ただ、か細い声が聞こえるだけだった。

懐中電灯を裕介に渡し、エンジンルームを照らさせる一方で、父は紙袋を探る。取り出したのは、猫の餌。子猫用で、チューブに小分けされた、匂いが強いタイプのものだった。

「要くん、この子、いつからここに？」

「わかりません。おれが気づいたのは昼過ぎ……」

「昼過ぎ？　おまえ、学校に行ってなかったのか？」

「今日は土曜。学校は休みだよ」

父親に咎めるように言われ、要は唇を尖《とが》らせる。

「そうか……そういえばそうだったな。なんだか曜日感覚がなくなってた」

すまん、と素直に謝り、要の父親は裕介の父に告げた。

「こっちの車は一昨日に使ったきり動かしていません。ここに停めたのは夕方ですから、入り込んだとしたらそれから今日の昼までの間でしょう」

「最大二日ってことですね。その間、一度も外に出ていないのかな……」

秋や冬といった気温が低くなる時期に、暖を求めてエンジンルームに猫が入り込むことは多い。とりわけ駐車したばかりの車のエンジンルームは暖かいから、野良猫にとって恰好の隠れ家となる。それでも、ずっとそのまま留まっているかというとそうではない。数時間すごしたあと、出ていくことが多い。だからこそ、裕介の父も、いったんは外に出た可能性を考えたのだろう。

だが、要は難しい顔で首を横に振った。

「たぶんずっとここにいるんだと思います。車にいるってわかったのは今日の昼すぎでしたけど、声自体は昨日の朝から聞こえてて……」

最初は庭に猫が入り込んだんだな、と思った。庭は広い上に、あちこちに木が植えられている。登りやすい木も、隠れやすい植え込みもあって、これまでもしょっちゅう猫が入り込んでいたそだったという。

うだ。だが、気がつけばいなくなっていたし、同じ声、しかも子猫がずっと留まっていることは稀《まれ》
「ここらを通るたびに声がしてた。あっちこっちから聞こえるならいいけど、動いてる様子がなかったんだ。鳴き声の高さから考えて子猫だし、探してみたんだけど全然見つからない。そのうち丸一日過ぎちゃってさすがにほっとけなくて……」

本気で大捜索した挙げ句、ようやく車の中だと突き止めたのが昼過ぎだった、と要はなおもエンジンルームをちらちら見ながら言う。父の言うとおり、子猫が心配でならないといった様子で、裕介は思わず微笑んでしまった。それに気づいたのか、要がぶすっとして言う。

「笑うなよ、里美」

「ごめん。なんか、印象が違って」

「そりゃ、おかしいよな。ワルの典型みたいなおれがこんなふうに……って、おれのことはどうでもいいんだ。それより……」

そう言うと、要は縋《すが》るような目で裕介の父を見た。父は口を切った餌のチューブをエンジンルームのあちこちに動かしながら子猫を誘う。それでも子猫は出てこない。しばらく誘ったあと、諦めたように父が言った。

「だめだな……。だが丸二日も餌なしだったとしたら、かなり危ない。子猫ならなおさら……なん

とかしてやりたいが……」

それを聞いた要が、気まずそうに言い出した。

「えーっと……ちょっとは食べてる……のかな」

「ちょっとは食べてる、ってどういうことかな？」

「車の横に、餌を置いてみたんです。少しずつは減ってたから、たぶん食べてるんだと……」

「なるほど……でも、それにしては声が弱ってる。どんな餌を置いたの？」

ちょっと待っててくださいね、と要は家の中に戻っていく。持ってきた餌を見て、裕介の父は首を傾げた。

「これは大人の猫用だね。子猫は食べないはずだが……たぶん、他の猫が食べたんじゃないかな」

「他の猫？」

「おそらく、この餌が食べられそうな成猫」

「マジか……」

要は頭を抱えてしゃがみ込んでしまった。要の父親が慰《なぐさ》めるように言う。

「そういうこともあるさ。それより、この子猫になんとか食べさせないと」

「じゃあ、車の真下に餌を置いて、いったん離れてみたら？」

裕介の提案で、餌入れにチューブの中身を絞り出し、棒で車の下に押し込む。なんとか出てきてくれ、と願いながら四人はその場を離れた。

家の中でお茶をご馳走になりながら時間を潰し、一時間ほどたったのを確認して、車のところに戻ってみた。その時点で猫の声は聞こえておらず、やった！　と思ったのもつかの間、子猫の声が響いてきた。

「腹、減ってないのかよ……」

要は気の毒なほどがっかりしている。

だが、また棒を使って引き出してみると餌入れは空っぽだった。どうやら一度は車から下りたものの、餌だけ食べて逆戻りしたらしい。

「なんでだよ！　もうエンジンだってすっかり冷えてるだろうに！」

思わず、といったふうに要が怒鳴る。こういうのを逆ギレというのか、と感心するほどだった。

「暖かいってこともあるけど、そもそも猫ってこういう狭いところが大好きだから」

裕介の台詞《せりふ》に、要は不機嫌そのものの様子で答えた。

「狭いとこなんて、他にもいろいろあるだろ！」

「ここが気に入っちゃったんだからしょうがないよ。とりあえず少しでも餌を食べてくれてよかったじゃないか」

「そうそう。こんなときは、物事をいいほうから見ないと……あ……」

そこで裕介の父が、新しいチューブの口を切った。どうやら子猫の姿が見えたらしい。冷静な対処は、さすが熟練の獣医といったところだった。

タイヤの横にしゃがみ込み、餌のチューブを車の下に差し込む。しばらく辛抱強く待機していると、子猫の真っ白な顔が覗いた。

「ほら、お食べ。さっき、美味しかっただろう？」

父は文字どおりの『猫なで声』で誘う。子猫は相当ためらっている様子だったが、一度知った味に負けてか、とうとう近づいてきてチューブから餌を嘗《な》め始めた。

子猫に気づかれないように、少しずつチューブを手前に動かし、すっかり車の下から出てきたところで裕介が手を伸ばし、無事捕獲に成功した。

「やった！」

要が上げた声はかなり大きかった。それでも子猫はひたすら餌を嘗め続ける。おそらく空腹が限界だったのだろう。

「食べる体力が残っていてよかったよ」

なおも餌を嘗めさせながら、父がほっとしたように言った。要は裕介の手の中にいる子猫に見入ったまま、離れようとしない。だが裕介は、これで一件落着にはならないことがわかっていた。

チューブが空になるまで嘗めさせたあと、父が要の父親に訊《たず》ねた。

「この子、このあとどうしますか？」

要の父親はきょとんとした顔をしている。なにを訊かれているのかわからないのだろう。

改めて父が問う。

「とりあえずは出てきましたが、このまま放したらまたエンジンルームに入り込みかねません。親も近くにはいなさそうですし、なにより相当弱ってます」

「ああ、そういうことですか……」

要は、懇願するような目で父親を見た。

「うちで飼えない？　母さんは動物好きだし、お祖父ちゃんたちだって前は飼ってたって……」

「父さんが猫アレルギーだってわかるまではな……」

「え!?　それはまずい！」

裕介は子猫を抱いたまま、大慌てで距離を取る。屋外とはいえ、アレルギーを持っている人間に猫を近づけるのは危険だ。

「そうだったんだ……」

要はすっかり肩を落としている。こんなにしょんぼりしている姿を見るのは初めてだ。しかも、猫が飼えないことにがっかりしているのかと思いきや、要が気にしたのは父親本人についてだった。

「全然知らなかった。それなのに、こんな騒動に付き合ってくれたんだ……」

「アレルギーといっても比較的軽度なんだ。中には猫の毛一本でも症状が出る人がいるそうだけど、私はそこまでじゃない。それに、私自身が猫を捕まえるつもりはなかった。とはいえ、それができれば、里美さんたちにご迷惑をかけることもなかったんだが……」

「そんなことはいいんです。でも、困りましたね……。回復するまでうちで預かることはできますが、ずっとそのままというわけにもいきません」

「ですよね……飼ってくれる人を探さないと」

「お祖母ちゃんに頼んだらだめかな？　お祖母ちゃんたちは離れに住んでるし、別棟なら平気なんじゃ……。ああ、でもやっぱり難しいか。父さんだって離れにまったく行かないわけじゃないもんな……」

要は困り果てた表情だ。父親と子猫の両方を心配する気持ちが伝わってくる。

正直に言えば、裕介はかなり意外だった。要はもっと我が儘で、後先考えずに子猫を飼いたいと主張するとばかり思っていたのだ。そもそも庭で子猫の鳴き声を聞いたところでそのまま放置、居場所を探すことなどしないタイプだと思っていた。

もっと言えば、車のエンジンルームにいるとわかった時点で大人に任せることもできた。高校生、しかも猫を飼った経験もない要が対処できる問題ではないし、車が使えなくても要自身は困ったりしない。それなのに、なんとか子猫を救い出そうと躍起《やっき》になった。動物病院を探して電話をしてくるほど……

おそらく要は、裕介が思っていたよりずっと優しい人間なのだろう。

要の父親はしばらく黙って息子を見ていた。そして、意を決したように言う。

「とにかく元気になるまで里美さんに預かってもらって、その間に引き取り手を探そう。子猫といっても生まれたてで目も開いてないってわけじゃない。飼いたいって言ってくれる人がいるかもしれない。会社でも訊いてみるよ」

「おれも友だちに訊いてみる。母さんにも探してもらう」

「そうしなさい。どうしても見つからなければ、そのときはおふくろに頼もう」

「うん。でも、それだとお祖母ちゃんたちも父さんも大変だから、なんとかよそで見つけたい」

「私もそのほうがありがたいけどな。ま、なるようにしかならないさ」

そう言ったあと、要の父親は改めて裕介たちに頭を下げた。

「遅くまでありがとうございました。おまけに子猫の世話までお願いすることになって恐縮ですが、元気になるまで看《み》てやってください。予防接種や避妊まで含めて、費用はうちで持たせていただきます。あ、寄生虫の心配もありますね。それらもまとめて」

裕介の父が意外そうに答えた。

「野良猫なのにそこまでされるんですか？　飼い主が見つかってからでも……」

「誰かが払わなければならない費用です。里美さんに電話をしたのはうちの息子ですから、うちが持つのは当然でしょう。それにただでさえ動物を飼うのは大変なので、初期費用だけでもうちで持てば、飼い主も見つけやすいかもしれません」

「佐島さんでよかったです」

父がほっとしたように言うのにはわけがある。

ときどき『里美クリニック』に野良犬や野良猫を連れてくる人がいる。中には、自分が飼う覚悟を決めている人もいるが、飼えないものの弱っている動物を見過ごせずという人も少なくない。動物病院に連れていけばなんとかしてくれると信じての行為だが、治療には当然費用がかかる。しかも人間と違って保険が使えないから、ちょっとした治療をしただけで相当な金額になってしまう。

連れてきた人間に請求することになるのだが、相手に支払い能力があるとは限らない。かといって弱っている動物を放り出すこともできず、『里美クリニック』が負担することになるのだ。

動物が好きで、傷ついている動物を救いたいという気持ちに嘘はないが、ボランティアばかりでは経営に支障を来《きた》す。同じような問題に悩む動物病院はきっと多いはずだ。

今回のように、最初から『うちが持ちます』と明言し、しかも支払い能力にまったく問題がなさそうなケースは稀《まれ》だ。父が安堵するのは当然だった。

「じゃあ、この子はお預かりします」

「あの……おれ、ときどき見に行っていいですか？」

訊《たず》ねつつも、またしても子猫から目が離せなくなっている要に、父はにっこり笑って答えた。

「もちろん。いつでもどうぞ」

「ありがとうございます」

「佐島、こいつに会いたいときは言ってくれ。一緒に帰ろうぜ。俺がいれば裏口から入れるし」

正面玄関から入るといちいち受付に断らなければならなくなる。度重なると面倒だし、診療の邪魔にもなる。裏口から入院用の部屋に入ったほうがいい、という裕介の提案に、要は戸惑いがちに答えた。

「そうしてもらえると助かるけど、一緒に帰るのは……」

「なに？　俺とは帰りたくないとか？」

「じゃなくて、おれなんかと一緒にいたら、おまえまで変な目で見られる」

要の父親が、これ以上ないほどに深いため息をついて言う。

「だから悪さはほどほどにしておけとあれほど……。でもまあ今更言っても仕方がない。諦めて、子猫にはたまに会いに行くぐらいにしておけ」

「うん……」

聞こえるか聞こえないかの小さな声……あまりに痛ましくて、裕介はつい口を開いた。

「そんなの平気だよ。それにおまえ、近頃あんまり目立つことしてねえし」

夏休み前までは、なにかにつけて教師から注意されることが多かったのに、最近叱られている姿を見ない。

授業の合間にふと見ると、それまで寝てばかりだった要が、今ではせっせと手を動かしている。どうやら板書を写したり、授業内容を書きとめたりしているらしい。シャーペンの動きが止まるタイミングと、授業の進み具合からそれがわかった。

要は裕介の言葉に照れ笑いを浮かべた。

「さすがに受験が目の前だし、ノートぐらい取らないと。でも、やっぱり今までのツケが大きくて、板書を写すのが精一杯。中身はちんぷんかんぷんだよ」

「佐島、受験するんだ……」

「おい！」

すかさず父が裕介を窘《たしな》めた。裕介の発言は、あまりにも失礼だと思ったのだろう。

だが要は、特に気にするでもなく答えた。

「いいんです。そう思われても当然なことばっかりやってましたから。それに、今から間に合うかどうかもわかりません……てか、たぶん無理かな」

おれの成績で入れる大学なんてなさそうだ、と要は情けなさそうに言う。それを聞いたとたん、自分でも思ってもみなかった言葉が出た。

「せっかくやる気になったのなら、やるだけやってみたら？　俺にできることがあったらするし」

「え……」

要の目がまん丸になった。

正直、今の裕介の成績は志望校のボーダーラインぎりぎりで、他人にかまっている場合ではない。それでもそんな言葉をかけたのは、なんとか子猫を助けようとした要の気持ちが嬉しかったからだ。それに、手伝うと言ったところで半分ぐらいは、断られるだろうと考えていた。もともとただのクラスメイト、これまで言葉を交わすこともなかったのだから……

だが、予想を裏切り、要は裕介の提案に飛びついた。

「マジで？　本当にいいのか？　めっちゃ助かるよ！　わからないことばっかりで困ってたんだ」

「先生に訊きに行ったりは……？」

「してる。でも、先生だって忙しいだろ？　他にも質問したいやつがいるかもしれないし」

自分がひとり占めするわけにはいかない。休み時間や放課後に職員室に突撃しても、ひとつふたつ質問するにとどめて引き上げてきているのだ、と要はもどかしそうに語った。

要の父親が驚いたように言う。

「なんだ、そんな状態だったのか。もっと早く言ってくれれば、塾なり家庭教師なり手配してやったのに……」

「家庭教師は母さんが探してくれた。でも来てもらえるのは来月から。それまでは自分でなんとかしなきゃ、って思ってさ」

「そうか……じゃあ……」

そこで佐島親子が揃って裕介を見た。黙って聞いていた父が口を開く。

「うちの息子もとびきり優秀ってわけじゃないですが、少しでもお役に立てるなら……。そうだ、子猫を見に来るついでにうちで勉強していけばいい」

「いいんですか⁉」

嬉しそうな要の顔を見たら、もう断ることなどできなかった。

言い出しっぺは自分だし、なにがそうさせたかは知らないが、これだけやる気になっているのだから、雑談で時間を潰すようなことはないだろう。

要の父が嬉しそうに言った。

「ご面倒をおかけしますが、よろしくお願いいたします。よかったな、要」

「うん、ごめんな里美。できるだけ、邪魔しないようにするから」

「ああ」

かくして、子猫は『里美クリニック』で預かり、みんなで引き取り手を探しつつ、要は子猫の様子を見がてら里美家で勉強することが決まった。

夜まで居座るのかと心配したが、要が里美家にいるのは子猫の様子を見るのも含めてもせいぜい一時間半。どうかすると『今やってる単元はわりとイケてるから』と、家に上がらずに帰っていくこともある。要に質問されたおかげで、自分では理解しているつもりだったことが、意外にわかっていなかったと気づかされることもあった。プラスマイナスで言えば要は大プラス、裕介もややプラスという状況が、子猫の引き取り手が見つかるまで続いた。

そして二週間ほどしたある朝、裕介が教室に入るなり要が飛んできた。やけにハイテンションだから、どうしたのかと思ったら、子猫の引き取り手が見つかったと言う。

「母さんの友だちが飼ってくれるって！　家もけっこう広いんだって」

「大事にしてくれそう？　猫を飼ったことある人？」

「大の猫好きらしいよ。これまでも何匹も飼ったことがあるって。今まで飼ってた子は半年前ぐらいに亡くなったそうだけど、最後までしっかり世話をしたらしい。あそこなら安心だって母さんも言ってる」

「なら大丈夫かな……」

子猫はもうすっかり元気になっていて、いつでも引き渡せる状態だった。

要の母親経由で連絡した結果、その日の午後に引き取りに来てもらうことになった。もちろん、裕介と要も立ち会った。

「なんだ、高木《たかぎ》さんだったんだ」

引き取り手が現れたとたん、裕介の父がほっとしたように言った。どうやら、知っている人らしい。

「こんにちは、里美先生。お世話になります」

「こちらこそ。引き取ってくれてありがとうございます」

「いえいえ。トミーがいなくなって半年、やっぱり寂しくて次の子を探そうかと思ってたところだったんですよ」

友だちから子猫を引き取ってくれないかと頼まれ、話を聞いてみたら、今は『里美クリニック』にいるという。高木家の猫は代々『里美クリニック』のお世話になっていて懇意だし、今後診てもらうのにも便利ということで、引き取ることにしたそうだ。

とはいえ、相性というものがある。とにかく引き合わせてみよう、と子猫を連れてくると、高木の目尻が一気に下がった。子猫のほうも抱き取られても暴れもせず、撫でられるに任せている。

「うん。これなら問題ないね」

父に太鼓判を押され、高木はにっこり笑った。

「よかった。そういえばこの子、ちょっとトミーに似てますよね。ほとんど白くて、足の先とお腹だけちょっと茶色。もっともトミーは左足、この子は右足だけど」

「そういえば……。親子ってこともないだろうに不思議だね。あ、でもトミーはもともと保護猫だったから、遠縁ってことはあるかもしれない」

「だったらいいですねえ」

そんな話の間も、高木が猫を撫でる手は止まらない。きっと大事にしてくれることだろう。

無事、引き取ることが決まり、持参のケージに入れたあと、高木は要に向かって言った。

「要くん、この子を見つけてくれてありがとう」

「あ、はい……」

ぺこりと頭を下げたものの、要は寂しそうな様子だ。気持ちはわかる。二週間近く毎日のように見に来た子猫にもう会えなくなるとなったら、寂しいのは当たり前だった。

そんな要に、ふっと笑って高木は言う。

「いつでも会いに来て、って言いたいところだけど、お母さんの友だちの家に猫に会いに、って、なかなか難しいわよね。でも安心して。必ず大事にするから」

「よろしくお願いします」

もう一度しっかり頭を下げ、要は高木と猫を見送った。

「里美先生、いろいろありがとうございました。裕介も……」

この二週間で、お互いを名前で呼び合うようになっていた。

ふたりで勉強するのも終わりだと思うと寂しいけれど、今日はもう十月三十日だ。明後日から要には家庭教師がつくから、裕介と一緒に勉強する必要はないだろう。

「二週間、面白かったよ。お互い、がんばろうな」

「ああ。そうだ裕介、受験が終わったらどっかに遊びに行こうぜ」

「終わったらな。俺、浪人パターンもありそうだし」

「今からそんなことを言うなよ。すぱっと一発で入ってくれ！」

悲鳴じみた父の声にひとしきり笑ったあと、要はじゃあまた学校で、と帰っていった。

その後、裕介はぎりぎり志望校にひっかかり、要もなんとか合格を勝ち取った。しかも地方とはいえ国立大学で、本人は奇跡的合格、全ての運を使い果たしたと言っていた。だが、三年生の春まではほとんどの授業を寝て過ごしたにしては立派すぎる成果だ。おそらく、怠《なま》けてはいたものの本質的に頭のいい人間だったのだろう。

「もうちょっと早くからやってれば、都内に残れたかもなあ……」

要はそんな言葉を最後に進学先の大学がある町に引っ越していった。

それからあとも、メールや電話で時々連絡を取り合いながら四年が過ぎ、要は東京に戻ってきた。てっきり就職するのかと思ったら、都内にある大学の修士課程に進むという。

大多数の友人たちが卒業して社会人になっていく中、獣医学部の裕介は卒業まであと二年かかる。そんなこんなで、少々置き去りにされたような気分になっていたところに要が帰郷、おまけに学生を続けると知って大喜びしたものだ。

高校三年から二十年近い歳月が流れたが、今も『旧友』という言葉で真っ先に顔が浮かぶのは要だ。要がどう思っているかはわからないけれど、向こうから連絡をくれることもあるから、一方通行というわけでもないのだろう。

「タクちゃん以外の猫ちゃんたちは、みんな元気なんですか？」

要とのあれこれを思い出していると、満里奈が不意に訊《たず》ねてきた。

「どうだろう……。あれっきり他の子の話は聞かないけど」

要が面倒を見てくれと頼んできた子猫は五匹いた。しかも彼本人が拾ったわけではなく、捨てられていた場所も『里美クリニック』からかなり離れていた。近隣にも小さな動物病院はあったらしいが、五匹一度に面倒を見るには手が足りないということで、裕介に連絡してきたのだ。

要が連絡してきたのは久しぶりだったし、他にも動物病院はたくさんあるのに『里美クリニック』を思い出してくれたことが嬉しくて、朝一番でケージを積み込み、車を飛ばした。そして辿り着いたのが『ぼったくり』という居酒屋だった。

現れた美音という女は、見るからに眠りの足りていない顔だったが、丁寧に子猫たちの様子を報告してくれた。とりわけ一番小さい茶ブチの猫には思い入れが深かったらしく、何度も何度も『よろしくお願いします』と繰り返した。

引き取り手は自分たちで探すと言っていたけれど、たぶん無理だと思っていた。なにしろ猫は五匹もいる。見つかってもひとりかふたり、残りはこちらで探してやらなければならないだろう、と……

だが美音は、子猫たちの目が開くより早く、引き取り手を四人も見つけてきた。そして、あとひとりか……と思っていた矢先、要が自分も一匹引き取りたいと連絡してきたのだ。

アレルギーがあると言っていた父親は、すでに亡くなっていた。要が大学二年のころのことで、年齢的にはまだまだ若い。これはあとで聞いた話だが、あの車に子猫が入り込んだときには闘病生活に入っていて、会社にも行ったり行かなかったり、だったらしい。

要は、夫を亡くしたあと、あの大きな家を離れて隠居暮らしを始めた母親と一緒に住んでいた。一戸建ての上に母親も猫好きとのことで、飼うのに支障はなかった。

子猫たちがすっかり元気になり、そろそろ美音たちのところに戻そうかと考えていたある日、要が『里美クリニック』にやってきた。曰《いわ》く、『ぼったくり』に戻す前に子猫を引き取らせてほしいとのこと。

まあいいか、と子猫たちのところに連れていくと、要が選んだのは一番チビの茶ブチの猫だった。おそらく、裕介が美音が徹夜で面倒を見た猫だと伝えていたからだろう。なるほどね……とにやにやした裕介に、なんだよ！　文句あるのか！　なんて言い返した要の顔は少々赤らんでいた。

「みんな、大きくなったでしょうね」

満里奈がひとり言のように言う。

「引き取ったのはみんな『ぼったくり』の常連らしいから、心配ないと思うけど……」

「そうそう、『ぼったくり』でした！」

インプレッシブだったことだけ覚えていて、肝心の店名を忘れるなんて、と満里奈は苦笑する。店名もさることながら、女将《おかみ》はそれ以上にインプレッシブだった。『水商売の女』と見下しかけた裕介に向けた、挑むような眼差しが忘れられない。そして、そのインプレッシブな女将は、少し前に要と結婚した。

以前彼が母親と住んでいた家は、比較的『里美クリニック』に近い場所にあった。てっきりそこで暮らすのかと思っていたら、結婚を機に改修して居酒屋の上に住むことにしたという。頻繁に会う関係ではなかったけれど、五匹のうちの一匹を要が引き取ったため、健康診断や予防接種の際は顔を合わせることもあった。結婚して引っ越ししたら、それもなくなるのか、と寂しく思っていたところだった。

「タクちゃんのお父さん、あちらに引っ越されたんでしょ？　だったら会いに行きがてら、猫ちゃんたちの様子を訊きに行ってみたらどうですか？」

満里奈に言われて気がついた。あっちが来ないなら、こっちから行くという手がある。

結婚式には参列したが、参加者があまりにも多くて、ゆっくり話す暇はなかった。その前に会ったのは診察室で、数分話したがもっぱらタクの体調についてで、お互いの様子や他の猫については言及していない。

結婚祝い、というか冷やかしがてら『ぼったくり』に行ってみよう。居酒屋なら遅い時刻でもかまわないだろうし、要自身の帰りが遅いはずだから、より都合がいい。

前回は猫を引き取って帰ってきただけだったが、あの女将がどんな料理を作り、どんなもてなしをするのか、とても気になる。突撃あるのみ、とほくそ笑み、裕介はスマホでスケジュールを確かめる。今週はずっと予定が詰まっているが、来週ならなんとかなりそうだ。

「来週にでも行ってみることにするよ」

「いいお店だったら教えてくださいね！　私も行ってみたいです」

「了解。あいつは食い道楽だから、料理に間違いはないと思うけどね」

「そうなんですか！　それはますます楽しみ！」

やけに嬉しそうな満里奈を残し、裕介は部屋を出る。さっさと昼食をとらないと、すぐに午後の診察が始まってしまう。空きっ腹で仕事なんてもってのほかだった。

†

翌週水曜日午後八時、仕事を終えた裕介はいそいそと『里美クリニック』を出た。

ところが、辿りついた『ぼったくり』には灯りがなく、暖簾《のれん》も出ていない。引き戸には『定休日』の札までかかっているから、休みであることに間違いはなかった。

以前要から、『ぼったくり』の休みは日曜日だと聞いていた。まさか水曜日の今日、閉まっているなんて思いもしなかっただけに、裕介の落胆は大きかった。

しかも目下、裕介の喉はからからだ。夜に入っても気温はさほど下がっていない。駅から離れた『ぼったくり』まで歩いたら、さぞやビールが美味しかろうとタクシー乗り場を通過してきたのが徒《あだ》になった。仕事の疲れと暑さに喉の渇きが加わって、絶望的な気分だ。

表通りに出てタクシーを拾おう。駅に戻ったらどこでもいいから飛び込んで、冷たいビールをぐっと……と思いながら踵《きびす》を返した裕介は、向こうから歩いてくる人影に気づいた。

「あれ……裕介？」

「要！」

「来てくれたのか」

「ああ。『ぼったくり』の料理を食ってみたくて来たんだけど……」

裕介の言葉で引き戸に目をやった要は、申し訳なさそうに言った。

「ごめん。今日は休みなんだ。前は日曜日だけだったんだけど、結婚してから月に一度は週中に休みを入れるようになって……」

「いやいや、俺が悪い。前もって調べればよかった」

「っていうか、連絡しろよ」

そう言うと、要は呆れたような笑みを浮かべる。サプライズを狙ったんだよ、と答えると、怪訝《けげん》な顔になった。

「サプライズって、どんな？」

「いや、こっそり『ぼったくり』に忍び込んで、カウンターでしれっと呑み食いしてるところにおまえが帰ってきたら、さぞやびっくりするだろうって」

「そりゃ、全然知らずに帰ってきたらびっくりもするだろうけど、そうはならない」

「なんで？」

「おまえが来た時点で、連絡が来るよ」

「俺の顔なんて覚えてないだろ」

拾った猫を引き受けてからもう三年になる。結婚式に参列はしたけれど、美音とは直接会っていない。ふらっと入っても気づかれないはずだ、と裕介は考えていた。

ところが要は、さらに呆れた顔で言った。

「『ぼったくり』の店主を嘗《な》めるなよ。美音は、一度会った人間の顔を忘れたりしない」

「そうなのか？」

「そうだよ。結婚式のときだって、おまえのことをちゃんと認識してた。『里美さんって南部杜氏《なんぶとうじ》系《けい》のお酒がお好みなんですね』とか言ってたぞ」

「そこまで見てたのか！」

「そういうこと。だから、店に入るなりおまえがかけられる声は『いらっしゃいませ、里美先生』だ。でもって、スマホに『里美先生ご登場！』ってメッセージが来る」

「仕事中にメッセージを送ってくるのか？　よくそんな暇があるな」

「美音じゃなくて、妹の馨さんからだよ。じゃなきゃ、『ご登場』なんて言葉は使わない」

美音はいわゆる情報機器に弱く、スマホの扱いにも大苦戦だ。だが馨はスマホでもパソコンでもサクサク操作する。ＳＮＳを使ったメッセージ、しかも一文なら数秒で作れてしまう。仕事の合間に送ることなど簡単だし、要の友人の来訪を告げるメッセージなら、美音も咎めはしないだろう、と要は説明した。

「なるほどね……じゃあ、最初っからサプライズは無理だったってことか」

「残念無念、だな」

「まったく。しょうがない、じゃあ俺はこれで……」

店は閉まっていたが、要に会うことはできた。タイミングによっては、旧友に会うことは無理かもしれないと思っていたが、こうやって話せたのだから十分だ。あとはさっさと駅に引き返して冷たいビールを……と、裕介は表通りに向かおうとした。

ところが、歩き始めるか始めないかのうちに、腕をがっしり掴まれる。

「おい、どこに行くんだよ」

「どこって、駅だよ。そこらでタクシーを拾って……」

「なに言ってるんだ。そのまま帰れると思うなよ」

そう言うと、要は裕介を引きずるように歩き始めた。

店が休みでよかった。あの物騒な名前が入った暖簾《のれん》の前で、こんな言葉を聞かされたら堪《たま》ったものではない……などと考えている間に、要は店の脇の通路から裏手に回り、狭い階段を上がり始める。腕を掴まれたままだから、裕介も一緒に行くしかない。おそらく階段を上がった先に、自宅の玄関があるのだろう。

真新しいドアは、要が手をかける前に勝手に開いた。中から顔を出したのは、要の新妻である。

「おかえりなさい、要さん！　いらっしゃいませ、里美先生！」

ピンポーン、とクイズ番組でよく使われる『正解』のチャイムを鳴らしたくなる。それほど、美音の言葉は要が言ったとおりだった。裕介より先に要への挨拶が出たのは、今日が休みだという油断からだろうか。店にいるときであれば、彼女が客よりも夫を優先することなどなかったに違いない。

いずれにしても、美音が要を見た瞬間に浮かべた笑みは、あまりにもまぶしくて羨《うらや》ましくなるほどだった。

「ただいま。こいつが下でうろうろしてたから、連れてきちゃった」

急で悪いけど、と詫びる要に、美音は晴れやかな笑みで答えた。

「ぜんぜんかまいませんよ。でも、すごいタイミングですね」

「うん。こいつは昔から悪運の強いやつでね」

「あら、そうなんですか？」

「……いつもこんな感じなの？」

思わずそんな質問が口をついた。

要と美音に揃って怪訝《けげん》な顔で見られ、裕介は言葉を足す。

「いや、なんか、言葉遣いが……」

どう考えても新婚ほやほやの言葉遣いではない。どちらかというと、客と店員みたいだった。

「ああ……それか。確かにね」

要の苦笑いに、慌てたように美音が言う。

「ごめんなさい。私、ちっとも抜けなくて！」

「そうなんだよなあ……。付き合い出したときから、『ですます調』はやめてくれって何度も言ってるんだけど、どうにも変わらなくてさ。おれもいい加減だから、まあいいかって諦めちまった」

「いや……本人たちがそれでいいならいいんだけどさ」

なんだか他人行儀な気がする、という言葉をぐっと呑み込み、裕介は狭い玄関で靴を脱いだ。

その間にも、新婚夫婦の会話は続く。

「今日は早かったんですね」

「ああ、せっかくの休みだし、普段の倍速で仕事を片付けてきた」

「大丈夫ですか？　お疲れじゃありません？」

「平気、平気。早く帰ってきたおかげでこいつにも会えたし。それより、こいつに食わせるものある？」

「もちろんです。用意したものがお口に合わなかったら、下からなにか持ってきますし」

「そんな文句は言わせない」

な、と念を押すように要に言われ、こくこくと頷く。ただ、ふたりのために用意した食事に、自分が割り込んでいいのかどうか悩むところだった。

「いや、でも……やっぱり悪いよ。量だって足りなくなるし」

「それは心配ない。むしろ、ひとり増えてちょうどいいぐらい。さもないとおれの腹回りが増える」

「ご、ごめんなさい！」

そこでまた、美音が大慌てで謝った。何事かと思っていると、顔を赤らめながら説明する。

「お休みだとついつい作りすぎちゃうんです。時間もあるし、あれもこれも、って思っちゃって」

「どれもおれの好物、おまけに旨い。ついついこっちも食いすぎる」

「だったら余計に申し訳ないよ。美音さんがおまえのために作ったのに……」

「そう。だから、残すのは申し訳なくなって、食えるだけ食って翌朝体重計に乗って呻く。だから気にせず、どんどん食ってくれ。それに、おれはいつだって食えるし」

最後の最後で強烈な自慢が来て、裕介は見事に撃沈した。


「里美先生のお飲み物はビール、要さんは……」

夫の顔を数秒見たあと、美音は冷蔵庫を開けた。

当然ビールを出すとは思ったけれど、瓶と一緒にグラスも出てきたことに驚く。エアコンが効いた室内でも、瞬時に曇るほどの冷えっぷりだった。

「あはは。やっぱりビールが呑みたそうな顔してた？」

「はい。他に選択肢はない、って感じですね」

「だろうな。もう暑くて暑くて、電車から降りた瞬間から頭の中が琥珀色」

「琥珀色……じゃあ、これで正解でしょうか？」

　言葉そのものは疑問形でも、手は迷いなく栓を抜く。男ふたりが差し向かいで座っているダイニングテーブルに運んできたところで、要が立ち上がった。カウンターの向こう側に回ったかと思うと、小鉢を三つ、両手で器用に抱えて戻ってくる。お盆を……と慌てる美音をよそに、テーブルに置いたかと思ったら、すぐさまとって返し、冷蔵庫からグラスをもうひとつ、そして箸と箸置きも持ってきた。意外に慣れた仕草で箸と箸置きをセットし、美音が持っていたビールを奪う。

「とりあえず一杯いこうよ。君も座って」

「でも……」

　そう言いながら、美音は台所のほうを振り向いた。料理が気になったらしい。

「乾杯だけでも付き合ってよ。どうせタイマーをセットしてあるんだろ？　あと何分？」

「五分ぐらいです。でも揚げ物ですし……」

「大丈夫だよ。なんのために最高級ガステーブルがついたシステムキッチンを導入したと思ってるの？」

要曰《いわ》く、そのガステーブルには多種多様な機能が搭載され、水を入れた薬缶《やかん》をかけておけば沸くと同時に火が消えるし、多彩な料理がオートで作れるという。とりわけ便利なのは揚げ物を作るときで、油は勝手に設定温度まで熱せられ、そのままの温度を保ってくれる。タイマーもついているから、セットしておけばできあがる三十秒前に知らせてくれて、タイミングよく引き上げることができる。万が一、間に合わなくても火が勝手に消えるから火事にもならないらしい。

「ってことで乾杯ぐらい大丈夫。それに、多少焦げたところで、こいつに食わせればいい」

「あ、ひでぇ……」

苦笑する裕介をものともせず、要は自分の隣の椅子を引く。美音は、存外素直に腰を下ろした。おそらく押し問答しているより、さっさと呑んだほうが早いとでも考えたのだろう。

「じゃ、乾杯。ようこそ新居に」

三つのグラスを満たしたのも、乾杯の音頭を取ったのも要だった。

グラスの中で躍《おど》る細かい泡が、さあ呑め！　と誘っている。堪《たま》らず口をつけると、ビール特有の苦みが心地よく、喉の奥にすとんと落ちていく。オレンジに似た微かな香りが爽やかさを添えていた。

「あー……旨い。しかもこの圧倒的背徳感！」

要が呻き声まじりに発した言葉に、裕介は首を傾げてしまった。

「なんだよ。背徳感って？」

「背徳だろ。エールを冷やすなんてさ」

「ああ、そういう意味か」

それで合点がいった。日本ではビールは冷やすもの、むしろ冷やせば冷やすほどいいと思われがちだ。大手メーカーでは、氷温まで冷やすのを前提に造られたビールもある。だが、一歩海外に出てみれば、冷えてないビールなど当たり前、とりわけエールビールや黒ビールは冷やすなんてもってのほか、とされている地域が多いのだ。

裕介ですら知っていることなので、博識な要は当然わきまえている。だからこその『背徳』発言だろう。むしろ、酒を扱うプロである美音がよく許したものだ。

「いいんですか？　こんなに冷やしちゃって……」

心配になって訊《たず》ねた裕介に、美音は何食わぬ顔で答えた。

「いいんです。呑みたいように呑んでいただければ。それに日本とヨーロッパでは、湿度が違いますから」

「そうそう。からっからで大して気温も上がらないイギリスやドイツの夏と、不快指数が上がりっぱなしの日本を一緒にされては困る。とはいえ、近頃はヨーロッパも暑いらしいからなあ……」

案外、ヨーロッパでも冷えたビールの需要が上がっているのではないか、と要は希望的観測を語った。美音も微笑みつつ言う。

「郷に入っては郷に従え。ビールだって日本に入ってきたら日本の呑み方で、ってことだと思います。しかもこれ、日本で造ってるビールですし」

「国産なのか……」

「はい。三重の『伊勢角屋《いせかどや》麦酒《ビール》ＸＰＡ《エクストラパールエール》』ってビールです。三種類のホップ、しかも普通のビールよりたくさん使って造られています。アルコール度数は高め、ドライで切れ味抜群なビールです」

「そういうこと。さ、説明はそのぐらいにしておいて、どんどん呑もう」

「お、おう……」

グラスは一般的な居酒屋で使われているものよりかなり小さい。いわゆる一口グラスというやつで、二口か三口で呑み干せる。しかもビール一本は、三人に注げばちょうどなくなる量だった。

キンキンに冷えたエールビールをごくごくやってグラスを空にすると、すかさず、次のビールが注がれた。ラベルの文字は『ＰＡＬＥ《ペール》　ＡＬＥ《エール》』、色は先ほどの『ＸＰＡ』よりも濃く、裕介の記憶にあるエールビールそのものだ。グラスから漂うのはほのかなグレープフルーツの香り、呑んでみると苦みと甘味のバランスが抜群、そして『ＸＰＡ』よりもほんの少し温度が高くなっていた。

美音が、微妙に目を泳がせながら言う。

「えーっと……このビールは『最初か最後に呑む』とか『舌のリセットをするときに』とか言われてるみたいで、本当は一杯目にお出ししたかったんですけど……」

そこでいったん言葉を切って要を窺ったあと、美音は思い切ったように続けた。

「これぐらいのほうが、エールの味自体がよくわかるかなって……」

思わず噴き出しそうになった。

なぜならこのビールは、冷蔵庫から二本まとめて出され、一本目が抜かれたあともテーブルの上に放置されていた。『キンキンに冷えた』ビールを味わいたい、しかも温まる前に呑み干せるようにと一口グラスまで使っておきながら、どうしてそんなことをするのか不思議に思っていたのだが、どうやらこれは美音の作戦だったらしい。

夫に合わせて『呑みたいように呑めばいい』と言いながら、心の底ではやはり、エールは常温かそれに近い温度で味わってほしいと考えていたのだろう。

気がつけば、酷暑にほてっていた身体はエアコンでほどよく冷やされている。一杯目のビールで喉から胃の腑《ふ》までまとわりついていた熱も消えた。二杯目のビールの温度が多少上がっていても、気にならない。それを狙って、わざわざ一度に二本のビールを出すなんて、さすがはプロ……と感心するばかりだった。

要は要で、クスクス笑っている。

「まったく……敵わないなあ、君には」

「すみません」

美音が軽く頭を下げると同時に、ピーッピーッピーッという電子音が響いた。

美音は慌てて立ち上がって台所に向かう。そして、しばらく作業をしていたあと、丸皿を持って戻ってきた。

「お待たせしました。鶏唐揚げの大葉ソース掛けです」

「やったー！　おれ、これ大好物なんだよ！　しかもありとあらゆる酒に合う」

食え食え、と要は取り皿にのせた鶏肉を渡してくる。美音の説明によると、酒と少量の塩を揉み込んだ鶏腿肉を唐揚げにし、大葉をすり潰して作ったソースをかけたものだそうだ。

結構な量だったため、こんなに食べられるかな、と不安になったが、一口食べたらそんな心配は霧散した。

「旨いなこれ……。大葉って、巻いたり刻んだりして使うものだとばかり思ってたけど、すり潰してソースにするって手もあるのか……」

「大葉もハーブには違いないからな。ソースは十分ありだよ」

「さすがは『ぼったくり』の女将《おかみ》だなあ……いや、参った」

「そんなに褒めないでください。実はこれ、カンニングなんです」

「カンニング？」

春先に、たまには外食しようと要に誘われて出かけた居酒屋で、鶏の唐揚げを注文したところ、見たことがないようなものが出てきた。粉をまぶして揚げてあるのは間違いないが、全面的に緑色。どうやらハーブ系のソースがかけられているらしい。

バジルだろうか、と思いながら食べてみると、口の中に爽やかな香り、そして少々刺激的な味が広がった。バジルにはこんな刺激はない。なんだろう、と首をひねったところ、思い当たったのは山椒《さんしょう》だったそうだ。

「山椒って、茶色と灰色の間ぐらいじゃなかった？」

鰻《うなぎ》の蒲焼きに振りかけるものだろう？　と訊《たず》ねた裕介に、要が大きく頷いた。

「だよな。おれもそう思った。でも違うんだ。その唐揚げのソースに使われてたのは、山椒は山椒でも身じゃなくて葉っぱのほう」

「葉っぱ……ああ、なんかタケノコの上とかにのっかってるやつ？」

「そう。山椒《さんしょう》の葉っぱをすり潰して作ったソースだったんだ。本当に食ったことがないタイプで、しかも癖になる。わかってみれば、作り方もそう難しくなさそうだった。でも……」

「でも？」

「山椒の葉っぱ、っていうか、山椒の若芽って季節が限られるんだ。どうやらそのソースはまとめて作り置きしたらしいけど、家ではちょっと無理な時期。おまけにソースにするほど使うとなると値も張る。やむなく大葉でやってみた、ってのがこちら」

そして説明を終えて安心したのか、要は猛烈な勢いで唐揚げを食べ始めた。

裕介も倣《なら》ってせっせと箸を動かす。鶏に限らず、肉や魚に大葉を巻く料理は数多《あまた》あるが、ソースにしてかけるのは珍しい。彩《いろど》りもきれいだし、なにより旨い。空腹だったこともあって、取り分けてもらった唐揚げはあっという間になくなってしまった。

「気に入ったみたいだな。どんどん食えよ」

「お、いいのか？」

満面の笑みで手を伸ばそうとしたところで、美音が声をかけてきた。

「ちょっと待ってくださーい！」

私の分も置いておいて、とでも言うのかと思ったら然《さ》にあらず。美音はまた別の皿を持って、カウンターの向こうから出てきた。ぱたぱたと鳴るスリッパが、『大急ぎ感』たっぷりで微笑ましい。

「お料理は他にもいくつかありますから……。要さん、これ、お願いします」

「はいはい、わかった。唐揚げで腹一杯にするな、ってことだな」

了解了解、と要は美音から皿を受け取る。皿の上にのっていたのは、何種類もの刺身だった。裕介にわかるのはマグロとイカ、あとはせいぜいブリぐらいだが、赤身と白身を取り合わせた刺身盛り合わせは、さすが、と言いたくなる美しさだった。

刺身に見とれている間に、美音は台所に引き返し、醤油差しと小皿を持ってきた。しかも、醤油差しは二種類ある。

「こちらは全国的によく使われている大手メーカーのお醤油、こっちは九州のお醤油です」

「どうしてふたつも……あ、そうか。九州の醤油は甘いんだったな」

旅行で福岡に行ったとき、刺身に添えられていた醤油が甘かった。薄口と濃い口のように、見た目に違いがあるわけではなかったため、ずいぶん驚いた記憶がある。同行した友人たちは、食べ慣れない味だったせいか少々不満そうだったが、裕介はけっこう気に入った。特に、ほんのり甘い醤油で食べる白身の刺身は、九州名産の焼酎《しょうちゅう》にぴったりだった。

裕介の話を聞いた美音は、ことさら嬉しそうに答えた。

「お嫌いじゃないんですね！」

「うん。あれば使う、ぐらいには好きだよ」

「よかった。じゃあ、ご説明するまでもないでしょうけれど、こちらのスズキとカンパチは九州のお醤油で召し上がってみてください。あ、もちろん、甘くないお醤油で山葵《わさび》をたっぷりっていうのもおすすめですけど……」

ブリじゃなくてカンパチだったのか……と苦笑する。ブリもハマチもカンパチも似たようなものだし、なんて考えながら目を上げると、美音が窺うように要を見ている。その表情から察するに、彼は『甘い醤油』が苦手なのだろう。

「おれがちっとも使わないから、甘口ばっかり残っちゃってるんだろ？　裕介、どんどん甘口を使ってくれ」

要は甘口の醤油差しを裕介の目の前にぐいっと押し出す。軽く唇を尖《とが》らせた表情はまるで子どものようで、ちょっと驚かされた。長年付き合ってきたけれど、こんなに感情をむき出しにする要は珍しい。きっと、それほど美音に気を許しているのだろう。

そうでなければ結婚なんてしないよな、とため息をつき、裕介は改めて刺身の皿を見る。

美音が今日の来客を予期できたはずはない。それなのにこんなに贅沢な刺身が用意されていると いうことは、ふたりにとってこれが当たり前なのだろう。こんな料理が毎日食えるなら、居酒屋の女将《おかみ》との結婚も悪くはない……

そこまで考えて、裕介は軽く頭を振った。

居酒屋の女将ならだれでも、自宅でこんな料理を作るとは限らない。むしろ、毎日毎日料理をしているのだから、せめて家では手を抜きたい、楽をしたいと思うのが普通だろう。にもかかわらず、店同様、いやもしかしたら店で出す以上の料理を出してくれるのは、美音がそれだけ要のことを思っているからに違いない。そしてその陰には、要の美音への気遣いがある。高性能ガステーブルのように、美音が少しでも楽になるような道具がほかにもたくさん備えられているのだろう。

そのとき、台所を物色していた要が、大きな声で訊《たず》ねた。

「おーい、裕介。おれは酒を変えるけど、おまえどうする？　ビール、もっと出すか？」

「あー……できればチェンジで」

「日本酒と焼酎《しょうちゅう》、どっちがいい？　あ、ウイスキーもあるけど」

「よりどりみどりかよ！」

「当たり前だろ。うちは居酒屋だ。で？」

「まったく……じゃあ、焼酎」

「了解」

軽く返事をしたあと、酒瓶とポットを手に戻ってきたかと思ったら、それらをおいて食器棚に向かう。グラスを出し、また台所に戻って今度は小さな陶器の壺を持ってきた。

「裕介、こいつでいいよな？」

テーブルに置かれた瓶を見て、美音が意外そうに言った。

「甲類がお好みなんですか？　てっきり乙類かと……」

「だろ？　最初はおれもびっくりしたよ。医者のぼんぼんが焼酎《しょうちゅう》、しかも甲類だもん」

焼酎には連続式蒸留機を使って蒸留を繰り返しクリアな味わいにする甲類焼酎と、単式蒸留機を使って造る、原料の風味豊かな乙類焼酎がある。どちらが好みかはそれぞれなのだが、裕介が甲類焼酎好きだと言うと驚かれることが多い。おそらく甲類焼酎は大量生産が可能で、安価になりやすいからだろう。

とはいえ、裕介はすかさず言い返した。

「おまえが言うな！」

俺はぼんぼんなんかじゃないし、そもそも医者ではなくて獣医だ。佐島建設の御曹司のほうが、よっぽどぼんぼんだろう、と反論すると、要は呵々大笑《かかたいしょう》……

「おれは次男坊、おまえは長男。その違いは大きい。獣医だって医者に違いないし、都心にあれだけでかいクリニックを持ってるんだ。おまえのほうがよっぽどぼんぼんだよ」

「うるせえ！」

「まあまあそのへんで……。それより、お湯割りで大丈夫ですか？　おすすめは梅干し入りですが、冷たいほうがよければ、氷を出しますよ」

さっき美音が持ってきた小さな壺には、梅が入っているらしい。

レモンも、店に行けばグレープフルーツもありますし、と美音は腰を浮かせる。

つくづくもてなし体質、じっと座っていることができないんだな、と感心を通り越して半ば呆れてしまった。

そこで要が口を挟んだ。

「おれの記憶によると、こいつの中での焼酎の呑み方トップはお湯割りに梅干し。ピュアな酒だから、梅干し本来の味と香りが楽しめるんだってさ」

変わってないよな？　と確かめつつも、要はすでに焼酎をグラスに入れている。続いて梅干しを落とし、ポットの湯を注いだ。

「ほらよ。『キンミヤ』のお湯割りだ」

説明は必要ない。瓶を見たときからわかっていた。グラスの中にあるのは『キンミヤ焼酎』、三重県四日市市にある酒造会社が造っている焼酎で、下町を中心に東京でも愛好家が多いブランドだ。裕介が学生時代に初めて呑んだ焼酎であり、今でも大のお気に入りだが、このところご無沙汰していた。伊勢のビールのあとに四日市の焼酎、どうやら今日の美音は『三重』がお気に入りらしい。

裕介にとってはラッキーな話だった。

「嬉しいなあ……『キンミヤ』。ずいぶん久しぶりだよ」

グラスを受け取りつつ、感慨深げに漏らした言葉に美音が首を傾げた。

「おうちでは呑まれないんですか？」

「呑むよ。でも、親父が乙類焼酎《しょうちゅう》派で、おふくろはそっちばっかり買ってくる」

「ご自分では買いに行かれたりは……？」

「なかなか暇がなくてね」

半分は本当、半分は嘘だ。忙しいというよりも、急患に備える必要があるため、診療時間が終わってものんびり酒を呑む気にならない、というほうが正しいのかもしれない。おまけに家の近くに『キンミヤ』を置いている酒屋はないし、空いた時間にわざわざ酒を買いに行く気にもなれない。なにより、そんな状況では消費量だって高がしれている。複数のブランドを揃えるのも……というのが本音だった。

「だったら、おふくろさんに、たまには『キンミヤ』にしてくれって言えば？」

「それもなあ……。親父ももう年だし、いつまで呑めるかもわからないんだから、好きな酒を呑んでほしいよ」

「そうか……そうだな……」

要の顔を見た瞬間、しまった、と思った。

要の父親はとっくに亡くなっているし、美音は両親ともすでに亡い。そのふたりを前に語ることではなかった、と気づいたからだ。だが、ここで変なフォローをするよりは、触れないほうがいい。

そう判断した裕介は、冷めないうちにお湯割りを呑むことにした。

「やっぱりいいなあ『キンミヤ』は。それにこの梅干しも」

「美音のお手製だ。『ぼったくり』にもファンが多いよ。常連さんにはこれしか頼まないって人がいるぐらいだ」

「わかるよ。でかいし、塩加減も最高だ。これなら乙類焼酎に入れてもいいんじゃないかな？」

「どうだろ？」

そこで要は美音の顔を見た。やはり餅は餅屋ということだろう。美音の返事は早かった。

「減圧蒸留タイプならいいと思います」

「減圧？」

「はい。乙類焼酎には常圧蒸留と減圧蒸留があって、減圧するとアルコールの沸点が下がって、より低い温度で蒸発します。醪《もろみ》に含まれる雑味やクセは沸点が高いものが多いので、減圧蒸留することでそれが取り除かれて、すっきりしたクリアなお酒になるんです」

「へえ……初めて聞いた。そうか、同じ乙類でも減圧蒸留タイプを探せば、俺も親父も幸せってことか。今度、減圧蒸留タイプのやつを調べておふくろに頼んでみようかな……」

そこで要がまた美音の顔を見た。小さく頷いて台所に向かった美音は、すぐに酒瓶を持って戻ってきた。要が嬉しそうに瓶を受け取る。いつの間にか、新しいグラスも用意されていた。

「『初代百助《しょだいももすけ》』……。へえ、麦焼酎《じょうちゅう》なんだな」

「はい。大分県にある株式会社井上酒造《いのうえしゅぞう》さんのお酒です。大麦百パーセント、天領ひたの天然地下水で仕込んでるそうです。『百助』っていうのは、一八〇四年の創業時の当主さんのお名前なんですって」

「これ、すごく旨いんだ。おれはもともと焼酎は苦手だったんだけど、美音にすすめられて呑んでみたら、すっかり気に入ってさ。仕事で嫌なことがあって苛ついたときなんか、これを一杯やってぱっと寝ちゃうんだ。寝付きはよくなるし、夜遅くに呑んでもあとに残らない。お湯割りでも梅割りでもロックでもなんでもあり、で重宝してるよ」

まあ呑んでみろよ、と要はさっきと同じように、梅干しを入れたお湯割りを作ってくれた。早速呑んでみると、口の中に独特の風味が広がった。

「いい感じの麦の香りだ……。ちょっと甘くて、後味もいいな。なにより梅干しと喧嘩しない」

「だろ？　絶対おすすめ。きっと親父さんも気に入るよ。なんならこれ、持って帰れよ」

「え、でも……おまえのお気に入りをもらうのは悪いよ。それに、おまえにとっては入眠剤みたいなものなんだろ？」

「あー……入眠剤はもう必要ない」

は？　と怪訝《けげん》な顔になった裕介に、要はしれっと説明した。

「さっきのは結婚前の話。なんだかんだで死ぬほど忙しくて、海外にも行かされたりして、身も心もへとへとだったころのこと。今は、多少いらいらしたところで家に帰れば……」

「あーもう、わかった！」

そこで無理やり話をやめさせた。さもなければ、この臆面のない男は、新婚与太話《よたばなし》を延々と語り続けてしまう。そんなものは聞きたくないし、美音だって困り果てるだろう。

案の定、ほっとしたように美音が言った。

「本当にご心配なく。ちょっと重いですけど……」

むしろそっちのほうが問題だ、と美音は心配する。裕介が、いきなりやってきて土産《みやげ》までもらって帰るわけにはいかない、と遠慮しても、美音は意に介さない。それどころか、紙の手提げ袋を出してきて、さっさと入れてしまった。

「ロック、ストレート、お湯割り、どれもおすすめです。お魚の塩焼きとか酢締め、山菜の天ぷらなんかにも合います。新品があればよかったんですが……」

口が切ってあって申し訳ありません、と詫びながら、美音は手提げ袋を裕介の足下に置いた。

「本当にすまない。俺、手ぶらで来たのに……」

「いや、おまえは最初、店に呑みに来るつもりだったんだろ？　それで手土産《てみやげ》を持ってくるほうがおかしいよ」

「そう言われればそうなんだけどさ。これじゃあ、店に呑みに行ったのと変わらない……てか、どうかしたら、素材は店で使うより上等なんじゃないのか？　それに、休みの日にまでこんな料理を作らせるなんて、おまえは鬼か」

「違います！　私が勝手にやってるんです。要さんはむしろ、休みの日は外食でいいって言ってくださるんです。でも、外だとのんびりできないし……」

それまで黙って聞いていた美音が、必死に言い募る一方で、要は得意満面だった。

「な？　これは美音のおれへの愛だ。おまえなんて想定外なんだから、気にしなくていい」

「あーもう、わかったって！　黙れ新婚」

てへっと舌を出して笑う要、恥ずかしそうに俯《うつむ》く美音。気分はまさに『勘弁してくれ』だった。

刺身の盛り合わせに続いて、エボダイの煮付けが出された。あっさり薄味に仕上げられ、淡泊な白身魚の魅力が最大限に引き出されている。添えられたゴボウは歯触りがしゃきしゃきで、それまで大して好きでもなかったのにおかわりしたくなった。さすがにゴボウだけくれとは言えず、なんとか我慢したものの、魚の出汁《だし》が染みたゴボウがあれほど旨いとは思いもしなかった。

そのあとは焼きナス、ゆらゆらと削り節が踊る正真正銘の焼きたてだ。味付けは醤油のみで、しかも自分で勝手にかけろと言う。出汁醤油をかけてくるかと思っていただけに、かなり意外だったが、焼きたてのナスと生醤油《きじょうゆ》は抜群の相性。食べているうちにナスから染み出た水分で味が薄くなっても、気軽に醤油を追加できるのもありがたかった。

肉、魚、魚、野菜、と続き、三杯目の焼酎《しょうちゅう》がなくなりかけたところで、美音が訊《たず》ねた。

「もう一杯ご用意しましょうか？　それとも、なにか別のお酒を……？」

「いや、もう十分。いくら焼酎でも呑みすぎはよくないし」

「そうですか。要さんは？」

「おれももう酒はいいかな」

「じゃあ、締めにしましょうか。なにがいいですか？」

ご飯はあるし、麺類でもいい。お好きなものを言ってくだされば……と美音は、にっこり笑った。

「お好きなもの……」

「飯があるなら、お茶漬けもおにぎりもできる。雑炊でもいいし、味噌汁とご飯と漬け物って手もある。麺は……」

「おうどん、お蕎麦《そば》は冷凍麺がありますから、すぐできます。素麺《そうめん》、焼きそば、冷やし中華も比較的すぐ。パスタはものによっては少し時間がかかるかも……」

あまりの選択肢の多さに驚いている裕介をよそに、要はさっさと締めを決めた。

「おれは山かけうどんがいい。オクラととろろをのっけた冷たいやつ。あ、おれがやるよ」

さっと立ち上がった要は、そこで裕介に声をかけた。

「おまえはどうする？」

「同じでいい。って言うより、同じがいい」

裕介はとろろが大好きだ。蕎麦《そば》やご飯がもっぱらだが、うどんだって悪くない。とろろを前に、他の選択肢はあり得ない。要は裕介のとろろ好きを知っているからこそ、山かけうどんを選んだのだろう。

「だと思った。一人前、いけるよな？」

「もちろん」

「そうか。美音もうどんでいい？」

「はい。でも、私はちょっと少なめで」

「ラッキー。その分、おれの量が増える」

そう言いながら、要は冷凍庫をかき回してうどんを出す。一方、美音はオクラを洗い始めていた。

要の所作に迷いがない。おそらく普段から、こうやってふたりで家事をこなしているのだろう。

塩もみしたオクラを沸いた湯に入れたあと、美音は長芋を取り出した。すかさず要の声が飛ぶ。

「とろろはおれがやるよ。君、かぶれるから。確か、ここらに天かすとツユの作り置きが……確か刻み葱《ねぎ》も……あった！　あ、盛り付けは頼むよ」

冷蔵庫から出した容器と長芋を交換し、ふたりは作業を続ける。レンジの中では、要が突っ込んだ冷凍うどんが解凍されつつあった。

——なんだ、そういうことか。

裕介は、なんだかしてやられた気分だった。

締めに山かけうどんを選んだのは、裕介のとろろ好きを知っていたからだと思っていたが、どうやらそれだけではなかったようだ。このメニューなら自分の作業のほうが多くなると踏んでのことに違いない。美音はとろろにかぶれると言っていた。冷凍うどんはレンチンするだけ、天かすと刻み葱も冷蔵庫の中、ツユまで作り置きがあるとしたら、残っているのはオクラを茹でて切ることぐらいだろう。

オクラぐらい要でも茹でられる。だが、美音は要に任せて自分だけ座ってなどいられない。そんな美音の性格を考えて、あえてオクラと盛り付けは任せる。さすがとしか言いようのない采配だった。

「できた、できた。さあ、食おう！」

要は角盆に三人前の山かけうどんをのせ、上機嫌で運んできた。

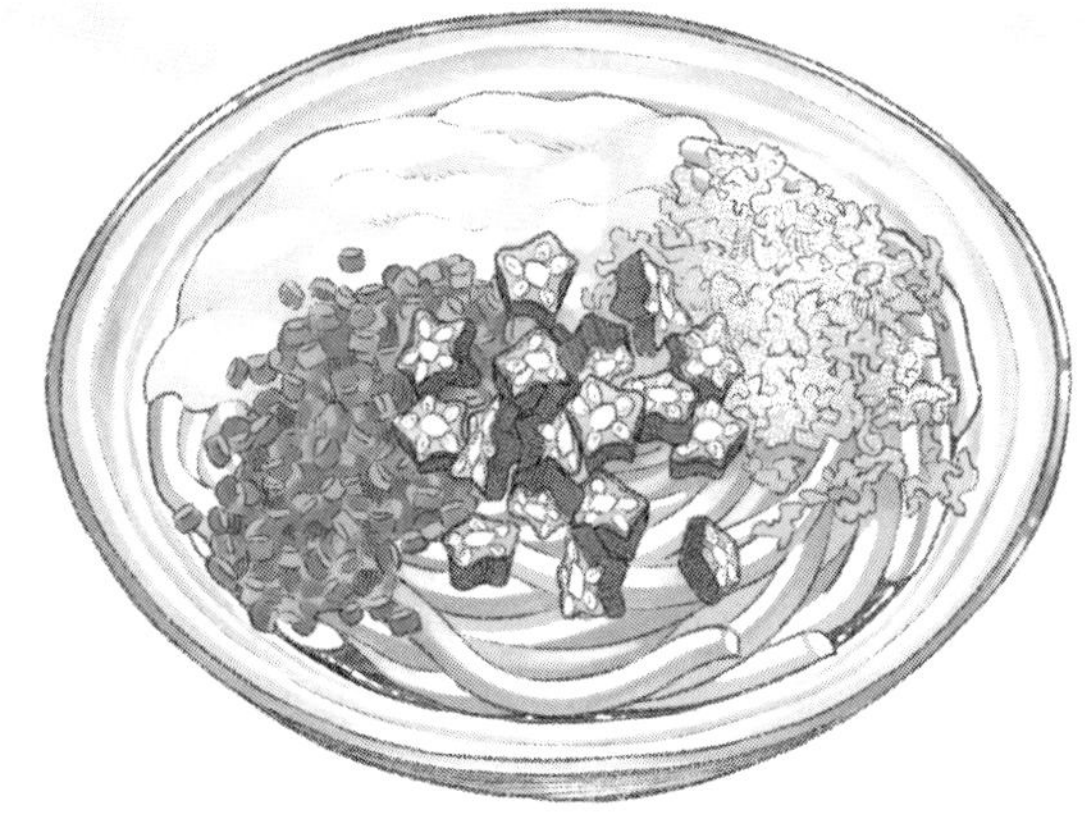

中深皿に盛られたうどんの上に、真っ白なとろろと深緑のオクラがのせられている。色合いは涼しげだし、オクラの断面は星形でかわいらしい。早速食べてみると、麺は少し細めで歯ごたえははっきり。ツユは濃い鰹出汁《かつおだし》がとろろにぴったりで、時折歯に当たる天かすが心憎い。

「うどんはまだあるぞ。もっと作ろうか？」

自分も箸を動かしながら、要が訊《たず》ねてくる。あまりにも早く食べ終わってしまったせいだろう。だが、うどんのおかげで腹は一杯、ふたりのやりとりで胸も一杯だった。

「いや、ちょうど満腹。これ以上食ったらヤバい」

「そうか。ならよかった」

「果物でもお出ししましょうか？」

スイカも桃もブドウもある、と言って美音が箸を置いた。

「本当にもう十分。ゆっくり食べて」

裕介の言葉に安心したように、美音はまた食べ始める。つるつるとうどんを吸う唇にとろろが少しついている。

妙に艶《なま》めかしくて、思わず目を逸らしたとたん、臑《すね》に鈍い痛みを覚えた。顔を上げると、要の目がわざとらしく斜め上を向いている。どうやら、テーブルの下で見えないのをいいことに、足蹴りを食らわしたらしい。

俺の心情というか、劣情などお見通しか、と情けなくなる半面、要のわかりやすすぎる嫉妬と独占欲に苦笑する。美音は相変わらず旨そうにうどんを啜《すす》り、すり下ろしたとろろの滑らかさに感心している。やっぱり手で下ろすと違いますね、などと微笑みかけられ、要が嬉しそうに鼻を鳴らした。

屈託なく笑う旧友に、うらやましさとほっとする気持ちが交錯する。

兄が社長を務める建設会社に入ってから、要は仕事の忙しさと創業者一族としての責任に喘いでいた。本人は、次男なんて気楽なものさ、などと嘯《うそぶ》いていたが、会うたびに笑顔が少なくなり、全身に疲れを滲《にじ》ませるようになっていった。いつか潰されてしまうのではないかと、心配していたのだ。

そんな要が、ある時期から少しずつ変わり始めた。相変わらず忙しそうにはしていたが、なんだか表情が生き生きしてきたのだ。それればかりか、顔色もよくなってきた。ちょうど猫を引き取ったころのことだ。今にして思えば、美音の影響だったのだろう。

要は『ぼったくり』には偶然入ったと言っていた。だが、裕介に言わせればそれは必然だ。

ふたりは出会うべくして出会い、永久《とわ》の誓いを交わした。ここには、無理なくお互いを思いやれる関係がある。その希有《けう》さにふたりは気づいているのだろうか……

――ま、気づいていてもいなくても、このふたりが幸せだってことに変わりない。こんなにあからさまにいちゃつくカップルばっかりだったら迷惑きわまりないけど、一組ぐらいこういう夫婦がいてもいい……っていうか、なんだか俺も結婚したくなってきた。いいなあ……美音さん……

要は美音と言葉を交わす合間に、ちらちら裕介のほうを窺っている。そして、まさに『いいなあ……美音さん……』と考えたタイミングで、要の言葉がより甘味を増した。美音は、はにかんだ笑みを浮かべている。その顔には、人前なのに……という思いと、隠しきれない喜びがあふれていた。

美音の表情を見た要は、満足そうに頷いたあと、片方だけ口角を上げる。それは笑うと言うより嗤《わら》う――裕介もよく知っている要の皮肉と自信がたっぷりこめられた笑みだった。

――もういい、わかった！　おれたちはこんなに熱々だ、おまえがつけいる隙なんてないって言いたいんだよな！　心配しなくても、おまえの大事な奥さんに手なんか出さない。出したところで、美音さんが相手にしてくれるとも思えないし！

新婚夫婦が盛大に撒《ま》き散らす砂糖に軽い胸焼けを覚えながら、裕介はそんなことを考えていた。

冷凍うどんのこと

冷凍うどんを解凍するときは、茹でるよりもレンジを使ったほうが美味しくなる——その話を聞いたときは衝撃を受けました。なにせ私にとってうどんはとにかく湯を通すもの、市販の茹でうどんでも冷凍うどんでも、熱湯にくぐらせてこそ、といったイメージだったのです。それなのに、うどんメーカーさんですら、レンジ推奨……世の中変わったものだ、なんて嘆いてしまいました。

実際にやってみると、確かにレンジを使ったほうが、歯ごたえもしっかりして水っぽさもなく、いたずらに出汁やツユを薄めることもありません。それでも、ついつい鍋に湯を張ってうどんを沈めたくなる。それはきっと鍋の中のうどんが、まるでお風呂に入っているみたいにのんびりして幸せそうに見えるからでしょう。のんびりさせた挙げ句、さっさと食べてしまうのですから、ひどいと言えばひどいのですが……

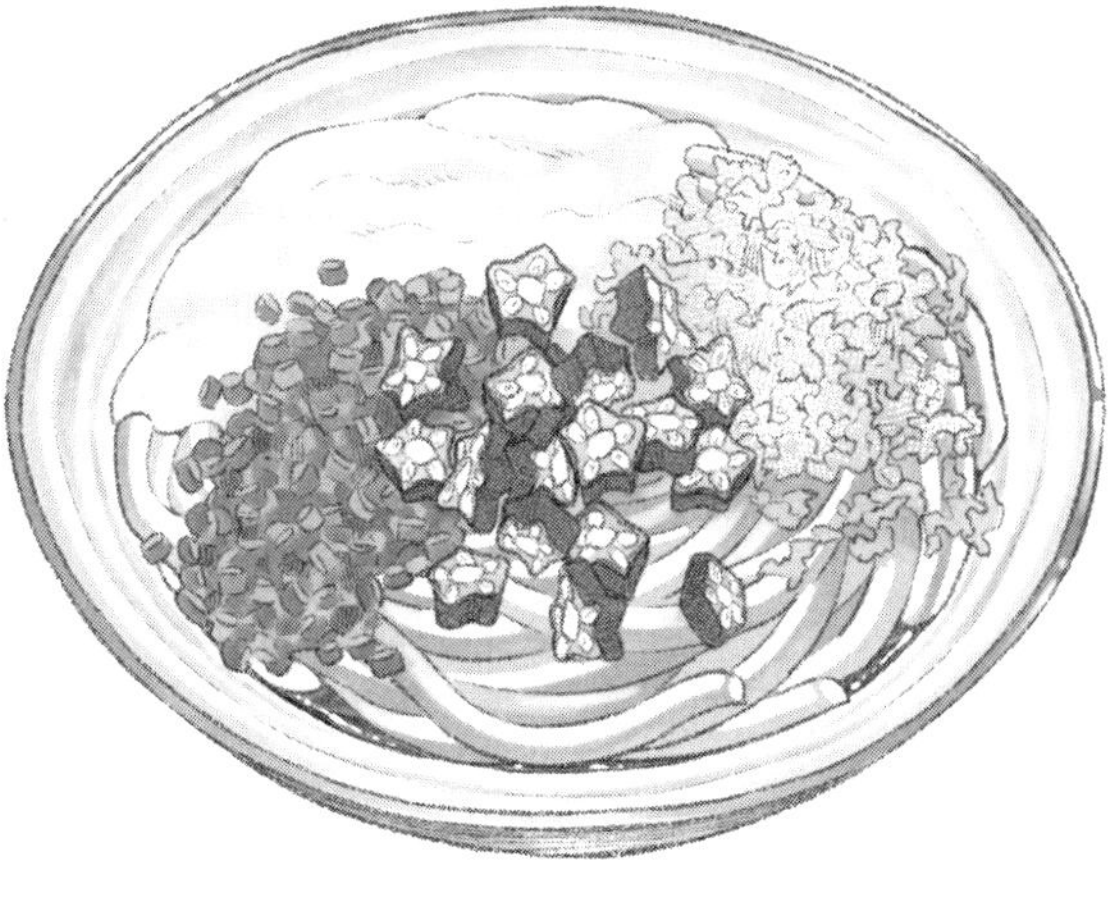

伊勢角屋麦酒 XPA《エクストラペールエール》
伊勢角屋麦酒 PALE《ペール》 ALE《エール》

伊勢角屋麦酒（有限会社二軒茶屋餅角屋本店）

〒516-0003
三重県伊勢市下野町 564-17（本社事務所）
TEL：0596-63-6515
FAX：0596-63-6516
URL：https://www.biyagura.jp/

キンミヤ

株式会社宮﨑本店

〒510-0104
三重県四日市市楠町南五味塚 972
TEL：059-397-3111
FAX：059-397-3113
URL：https://www.miyanoyuki.co.jp

初代百助

株式会社井上酒造

〒877-1107
大分県日田市大字大肥 2220 番地の 1
TEL：0973-28-2211
FAX：0973-28-2910
URL：http://www.kakunoi.com

スコーン

ミルクティー（イングリッシュブレックファースト）

照り焼きチキンピザ

オレンジコーラビア

浴衣が取り持つ縁

涼しいというよりも、寒さすら覚えた七月のあと、帳尻を合わせるような暑さに襲われた八月もようやく終わり、朝夕は秋の気配が漂うようになってきた。

そんな九月の半ばを過ぎたある日曜日の午後、馨は自宅の片付けに追われていた。

姉の美音が結婚し、しばらくはひとり暮らしが続くと思っていた矢先、恋人の哲《てつ》との結婚が決まった。新居を定めるにあたって、せっかく家があるのだからということで、哲がここに引っ越してくることになったのだ。

戸籍上は哲の姓を名乗ることにしたとはいえ、馨の家に住むことで『入り婿』みたいに見られるのではないかと心配したが、哲はもちろん、彼の両親もそんなことはまったく気にせず、むしろ住まいにお金をかけずに済むと喜んでくれた。

それどころか、哲の両親は名字についてまで気にしてくれた。

姉の美音はすでに結婚し、『佐島美音』になった。この上、馨が哲の姓を名乗ることになったら、ふたりのもともとの名字が消えてしまう。それでいいのか、と心配してくれたのだ。

それに対する美音、そして馨の答えは明白、『かまいません』の一語だった。

姉妹の両親は、子どもが女の子ふたりとなった時点で、いずれ『久保田』を名乗る者はいなくなると思っていたらしい。かといって、嘆いていたわけでもなく、諦めるといった感じでもなかった。深い付き合いはしていないが、郷里には『久保田』を名乗る親族が山ほどいるし、そもそも自分は長男でもない。分家のさらに分家みたいなものなのだから、消えたところで支障はないと考えていたようだ。そんな名前へのこだわりのなさは、姓だけではなく店名においても同様だった。そうでなければ、いくら常連に言われたからといって、店名をあっさり変えたりしないだろう。

大事なのは中身——それが両親、とりわけ父の考え方だった。そしてそれは、哲の両親にも通じるところがある。それでもあえて、馨の姓を気にしてくれたのは、彼らの優しさに違いなかった。

そんなこんなで、哲と馨の結婚式は来年三月、結婚後はふたりでこの家に住むことが決まった。式が近づけば忙しくなるのは目に見えているし、哲の荷物も運べるものから運んでおこう。ついてはスペースが必要……ということで、せっせと片付けている次第だ。

姉が結婚する前に片付けたときは、基本的には美音が新居に持っていきたいものを取り出すに留《とど》めた。そのせいで両親の荷物、とりわけ若いころに使っていたと思われるものは、大半が残っている。

父や母の生きていた証《あかし》でもあり、見るたびに思い出がこみ上げて辛いこともあって、箱にしまったまま保管していた。だが、もう両親が逝《い》って八年以上になる。これを機会に開けてみて、処分するものはすべきだろう。

とはいえ、勝手に捨てるわけにもいかない。とりあえずまとめておいて美音にも見てもらおう、ということで、馨は目下、あちこちにしまってあった両親の荷物を居間に積み上げているところだった。

「あれ……こんなの入ってたんだ……」

思わずひとり言が出たのは、衣装ケースから意外なものが出てきたからだ。

それは萌黄色《もえぎいろ》に紫陽花《あじさい》柄《がら》が入った浴衣だった。もしやと思って探してみると、濃紺に縞柄のものもある。男性向けだから、父が着ていたものだろう。

前に片付けたときにも何枚か浴衣を見つけたが、それらはみな子供用で畳紙《たとうがみ》に包んで薄箱に入っていた。それ以外に薄箱も畳紙に包まれたものもなかったから、てっきり浴衣はあれだけだと思っていたが、大人用もあったらしい。

姉によると、浴衣は綿仕立てだから畳紙に包む必要はないそうだ。どうせ子どもの浴衣を包むのなら、大人の分も包めばよかったのに、と思わないでもないが、畳紙だって無料ではない。たくさん用意することができなくて、子ども用を優先したのかもしれない。いかにも子ども思い、かつ締まり屋の母らしい行動だった。

――うちにも大人用の浴衣があったんだ。お父さんやお母さんが、浴衣を着てるところなんて見たことなかったけどなあ……

思い出せる限りの記憶を辿ってみても、両親の浴衣姿は浮かんでこない。お祭りや縁日には何度も連れていってもらったけれど、浴衣を着るのは馨と美音だけだった。両親はいつもジーンズにTシャツ姿で、ごく稀《まれ》にあまりの暑さに音《ね》を上げた父が、作務衣《さむえ》を着るぐらいだったのだ。

せっかく持っていたのなら、もっと着ればよかったのに……と思ったところで、表から自転車のブレーキ音が聞こえた。

玄関に飛んでいってドアを開ける。

「ごめんね、お姉ちゃん。お休みなのに！」

「ううん。こっちこそごめん。もっと早く来るつもりだったんだけど」

美音の申し訳なさそうな言葉で時計を見ると、時刻は午後三時を過ぎている。姉には、『日曜日の午後にちょっと寄って』と頼んでおいたので、てっきり午後一番で現れると思っていた。おそらく夫婦揃ってやってきて、荷物の確認をすませたあと、買い物か食事に出かけるのではないか、とも……

ところが玄関を入ってきたのは美音ひとりだった。要を置き去りにしてくるのも、要が黙って置き去りにされるのも珍しい、と思っていると、美音が事情を説明してくれた。

「実は、要さんが出張なのよ」

「え、日曜日なのに？」

「どうしても見に行かなきゃならない現場があって、ちょっと遠いから今日のうちに移動しておきたいんですって。さっき送ってきたところ」

「送って？」

美音の言葉に、すぐさま馨は突っ込んだ。

『ぼったくり』を改築して二階、三階を住居にしたものの、車を置くスペースはなかった。要は、それまで使っていた車をどうするか悩んだそうだが、車のある生活に慣れていたし、母親である八重《やえ》の家に残したところで乗り手がいない。車があれば、酒蔵《さかぐら》めぐりも簡単になるし、なにより八重になにかあったときに駆けつけられる、ということで、駐車場を借りることにしたのだ。

とはいえ、美音は完全なペーパードライバー。車で駅まで来るなんて不可能だろう。

案の定、美音は苦笑しながら答えた。

「正確には、駅で見送ってきたところ、かな？」

「だろうね。わざわざふたりで駅まで行って『いってらっしゃい』をして、また引き返してきたってことか」

「いいでしょ、別に」

「はいはい、お熱いことで」

馨に冷やかされ、美音の頬が微かに染まる。相変わらずの姉の反応に、にやにやしている間に、美音はさっさと中に入っていった。

「で、見てほしいものって？」

「あ、うん。お父さんたちの荷物を少し片付けたくて。でも勝手に処分するわけにはいかないし、お姉ちゃんにも見てもらわなきゃって」

「そっか。哲くんの荷物を入れなきゃならないものね……あ、もう出してくれたんだ」

居間に入った美音は、積み上がった衣装ケースや箱に目を見張っている。

「とりあえず、お母さんたちの服はもういいかな、と思って出してみたんだけど、お姉ちゃんが取っておきたいものがあったら言ってね」

「そうねえ……」

一応ね、と言わんばかりの様子で、美音は衣装ケースや箱に近づいた。だが、手に取って確かめることもなく言った。

「全部処分でいいよ。取っておいても着られるわけじゃないし、家族が増えたらものも増えるから」

私たちも前に進まなきゃ、と決意を込めた、それでいて少し寂しそうな目だった。

「そうだね……じゃあ、そうする……」

「あ、ちょっと待って、これ！」

そこで美音が手に取ったのは、さっき馨が見つけた浴衣だった。

「お父さんたちのだと思うんだけど、見覚えある？」

「一回だけあるわ。あんたが生まれる前だったけど。お母さんのほうのお祖母ちゃんが作ってくれたそうよ」

馨は、母方、父方を問わず、祖父母の記憶はない。両親ともに地元を離れているから、親戚付き合いもほとんどなく、記憶にあるのは両親の葬儀のときの揉め事ぐらいである。そのときにはすでに祖父母は亡くなっていたから、顔すら覚束《おぼつか》ないのだ。

美音は馨の五つ年上なので、少しは記憶に残っているらしく、懐かしそうに当時を語る。

「お父さんたちが結婚してすぐのころに送ってきたらしいんだけど、あのふたりは和服なんて全然着ないでしょ？　そのまましまってあったのを、たまたま和歌山から出て来てたお祖母ちゃんが見つけちゃったの。で、ちょうど近くで縁日があったからみんなで浴衣を着て出かけたってわけ」

「へえ……そんなことがあったんだ」

「お祖母ちゃん、しつけ糸も解いてない！　ってぷんぷん怒りながら着付けてたわ。でも、怒ったってねえ……」

　両親が欲しがったわけではなかったらしい。勝手に作って、勝手に送りつけてきて、それで着てないと怒られても、と美音は両親を庇《かば》う。

「でも、お祖母ちゃんにしてみたら、せっかく作ってやったのに、って気持ちになるでしょ」

「だって仕方がないじゃない。お父さんもお母さんも、帯なんて結べないんだし」

「へ？　でも、あたしたちにはちゃんと着せてくれてたよ？」

「それは子ども用の兵児帯《へこおび》でしょ？　あんなのくるっくるって巻いて、ちょうちょに結ぶだけだもん」

「そうか……大人のは違うか」

「大人のでもあらかじめ結んだ帯があるんだけど、お祖母ちゃんが送ってきたのは自分で結ばなきゃならないやつ。着たくても着れなかったんじゃない？　あのときはお祖母ちゃんがいたから着せてもらえたけど、結局それっきりよ」

「……ってことは、この浴衣は一度着ただけってこと」

「そういうこと。で、そのあとも着るつもりはなかった、ってことじゃない？」

　だからこそ、子どもたちの浴衣のように大切に畳紙《たとうがみ》に包むこともせず、他の服と一緒に衣装ケースに突っ込んであったのではないか、というのが美音の推測だった。

「子どもの浴衣より、こっちをちゃんとしまっておいてほしかったなあ……」

思わず呟いた言葉に、美音が驚いたようにこちらを見た。

「え……あんた、浴衣を着たいの？　っていうか、着られるの？」

「無理」

即答した妹に、美音は大笑いだった。

「だよね。私も帯なんて結べないもん」

「でも……ちょっと着てみたいかも……。だって、これすごくあたし好みだよ」

馨は、もともとそんなに浴衣が好きなわけではない。姉のように古風な顔立ちではないから、和服が似合う気もしないし、何より動き辛くて苦手だ。けれど、この萌黄色《もえぎいろ》の浴衣には妙に惹かれる。祖母が仕立て、母が袖を通したと思うとよけいにそう感じるのかもしれない。

「浴衣って着るの難しいのかな……」

そんなことを呟きながら浴衣を撫でている馨を美音はしばらく見ていた。そして、はっとしたように言う。

「お義母《かあ》さんに教えてもらったらどうかしら？」

「お義母さんって……八重さん？」

「そう。お義母さんは和服好きだし、浴衣なんて朝飯前でしょ」

「で、でも……さすがにご迷惑だよ。それならウメさんのほうが……」

『ぼったくり』の常連であるウメは、昔は芸者をしていたという。普段から和服を着ているし、着付けにも慣れている。息子の妻であるカナコが、子どもたちの入学式や卒業式に出る際は、ウメが着付けを引き受けていると聞いたこともある。わざわざ八重を引っ張り出さなくても、近所のウメに頼めばいい、と馨は考えたのだ。

ところが、そこで美音はちょっと困ったような顔で言った。

「馨が言うのはわかるんだけど……お義母さん、寂しいんじゃないかなって……」

「あー……そういうことか……」

ウメも八重も年寄りのひとり暮らしには違いない。だが、つい最近まで息子と暮らしていた八重と、長年ひとりで暮らしてきたウメは同列に語れない。今までふたりで暮らしていた家にひとり残された八重は今、孤独を感じているのではないか、と美音は心配しているのだろう。

「なるほどね……。浴衣の着付けをネタに、あたしを八重さんのところに送り込もうって算段か」

「そういうふうに言わないでー！　もちろん、私も一緒に行くし！」

「いやいや、それは大丈夫だよ。あたし、あの人のことけっこう好きだし。すぱーっとしてて、かっこいいよね、八重さんって」

「思い出した！　そういやあんた、前にお義母《かあ》さんと結託してたわね！」

「うわ……やぶへび！」

しまった、と思ったけれど後の祭りだ。

以前、要のプロポーズを巡るすったもんだが発生したとき、八重は要を無理やりドイツに出張させた。その際、美音のスマホを操作して、要と連絡を取れなくしたのが馨だ。直接連絡を取り合ったわけではないけれど、結託と言われれば否定できないものがあった。

「だから、ごめんって！　でも、結果オーライだったんだから、勘弁してよ」

「まったくもう……。まあいいわ。とにかく、あんたとお義母さんは、わりと馬が合う気がするの。結婚式の準備とかで大変なのはわかってるけど……」

「はいはい、わかったわかった！　そういうことなら、ウメさんじゃなくて八重さんに教えてもらうことにするよ。それに、八重さんのところには、タクもいるしね！」

姉夫婦は時折八重を訪れるから、猫のタクにも会っている。だが馨は、美音たちが結婚する前におこなわれた親族の顔合わせ以来、会っていなかった。美音ほどではないにしても、儚《はかな》くなりそうだったタクの面倒を見た身としては、機会があれば会いたい、と常々思っていた。

「そうね、タクもいるしね！」

美音は心底嬉しそうに言う。

夫の母親をこんなに気遣えるなんて素晴らしい。こういう気持ちでいれば、八重だって美音を大切にしてくれるだろう。今ですら、美音と要が喧嘩をしたら、八重は美音の味方をしそうな気がする。

自分も哲の両親に対して、これぐらいの気配りを持っていたいものだ。

「じゃあ、お義母さんの都合を訊いてみるね」

「お願い。あ、それと……」

そこで馨は、萌黄色《もえぎいろ》の浴衣と一緒に置いてあった紺地の浴衣に目をやった。

「帯って、男と女じゃ結び方が違うんだよね？　八重さん、男物も結べるかな？」

「大丈夫でしょ。前にウメさんが、男の人の帯は簡単だって言ってた気がするし。どうして？」

「お姉ちゃんさえよければ、この浴衣、哲くんに着てもらいたいなあって……」

せっかく帯の結び方まで習って浴衣を着るなら、哲も一緒に……と思うが、一度しか着ていないといっても父の遺品に変わりはない。もしも美音が快く思わないようなら、あきらめるつもりだった。

ところが、馨の懸念をよそに、美音はあっさり言い切った。

「ぜひ！　馨と哲くんが着てくれたら、お父さんたちもお祖母ちゃんも喜ぶわ」

「本当に大丈夫？　お姉ちゃんと要さんが着てもいいんだよ？」

「私はいいわ。すごく浴衣を着たいって気持ちはないし、とてもじゃないけど帯の結び方を習ってまでなんて……」

「要さんは？」

八重が和服好きなら、要も影響を受けているかもしれない。着物を何枚も持っていて、正月の挨拶は和服で……という可能性だってゼロではない。ましてや、浴衣は着物よりずっと気楽だ。美音と一緒に、お祭りや花火見学に浴衣で出かけたがるかもしれない。

自分で言い出しておきながら、やっぱりお姉ちゃんが着たほうが……と心配そうにする馨に、美音は苦笑しながら言った。

「本当に大丈夫。それにその柄はきっと馨のほうが似合う。万が一着たくなったら、私は私で好きな柄を買うわ」

「ほんと？　じゃあ、そうさせてもらおうかな……」

「そうして。あ……お義母《かあ》さんから返信が来たわ」

スマホを取り出してごそごそやっていると思ったら、美音は馨と会話しながら八重と連絡を取っていたらしい。美音はスマホの扱いが苦手で、常連たちの連絡用に作られたＳＮＳですら、もっぱら見るだけだった。その姉が、姑《しゅうとめ》とＳＮＳで連絡を取り合っていると知って、馨は驚いてしまった。

「お姉ちゃん、随分進化したね」

「進化って言わないで。これでも、相当頑張って覚えたんだから」

メールやショートメッセージを使うことはできるが、そういったものは送りっぱなしになってしまって、相手が読んだかどうかわからない。その点、『既読』マークが付くメッセージアプリだと一目瞭然だ。さらに『既読』が付くことで、安否確認もできるのだ、と美音は説明した。

「ひとり暮らしだし、身体もあんまりお丈夫じゃないから、どうしても心配で。だから、折を見て連絡してるの」

「へえ……それって毎日？」

「毎日、というか、朝と夜？　あとは思いついたときかな……」

「ちょっと意外。そういうのって、要さんがやるんだと思ってた」

「もちろん、要さんも連絡してるわよ。というか、安否確認はもっぱら三人で作ってるグループを使ってる。でも、それとは別に私とお義母さんだけのものがあるのよ」

「よ、嫁姑グループ？　嫌味ばっかり送られてくるとか⁉」

八重が嫁いびりをするような人とは思えない。けれど、それまでどうということはなかったのに息子の嫁になったとたんに憎らしくなった、ということもある。もしや姉は、要の目に触れないところで八重にいじめられているのではないか……

ところが、馨の話を聞いた美音は大笑いした。

「心配してくれてありがとう。でも、それ逆なの」

「逆って？」

「逆っていうのも違うかな。とにかく、いじめられてるのは私じゃなくて、要さん。あと、お義兄さんの怜《れい》さんとお祖父様も」

「……もしかして、お姉ちゃんと八重さんで佐島家の男性陣をこき下ろしまくってるってこと？」

「まあそんなところ。私はもっぱら聞き役だけど」

美音が要の悪口を言うとは思えない。相手が怜や要の祖父である松雄《まつお》だったとしても、貶《けな》しはしないだろう。なにせ要との交際をやめるよう迫られ、店に嫌がらせをされたときですら、自分を責めこそすれ、彼らを非難することはなかったのだ。

おそらくそのグループは八重の発案で作られ、彼女の不満のはけ口として使われているのだろう。姑《しゅうとめ》にそこまで付き合うなんて、どこまでお人好しなの……と呆れそうになるが、それこそが美音という人だ。

相手を問わず、話したいことがあるなら聞く。たとえ有効な対策が打てなかったとしても、聞くことはできる。思いを吐き出すことで、少しでも楽になれるなら……

――それは、美音のポリシーであり、『ぼったくり』の経営方針そのものだった。

「お姉ちゃんは相変わらずだね……。でも、まあお姉ちゃんがそれでいいならいいよ」

「いいのよ、それで。こうやって、頼み事もできるしね」

美音はにっこり笑って言った。

「それで、八重さんはなんて？」

「いつでもどうぞ、って。それに『なんならこの先は、馨さんと直接やりとりしましょうか？』ですって。これって私に来るなってことかしら……。もしかして私、『いらない子』？」

がっくり肩を落としている美音を見て、馨は思わず笑ってしまった。

「そういうことじゃないでしょ。日程はあたしと八重さんで決めたほうが手っ取り早いし、お姉ちゃんの手を煩《わずら》わせることはない、ってだけの話。ちょっと借りるね」

微妙に不満そうな美音の手からスマホを奪い、八重のＩＤを調べる。姉にそんな芸当ができるはずがないし、いちいち教えるよりは、自分で操作したほうがずっと早いだろう。

「直接やりとりしましょうか、って言うぐらいだから、こっちから送ってもいいよね？」

美音に確認はしたものの、返事が来る前に送信ボタンを押していた。ものの数秒でスマホの画面に『佐島八重』の文字が浮かぶ。これで、八重と馨は直接やりとりできる。大丈夫かな、と不安になる暇もないぐらいだった。

「八重さん、めっちゃ早い。えーっと、まずはご挨拶から……」

「ちょっと馨、言葉遣いに気をつけて。くれぐれも、失礼なことは書かないでよ！」

「お姉ちゃんのほうが失礼だよ。あたしだって、それぐらいわかってるって！　うわ！」

こんにちは、と入力しかけたところで、もう八重からメッセージが届いた。しかも、けっこうな長文だ。内容は時候の挨拶と、馨が浴衣に興味を持ってくれて嬉しい、自分でよければいくらでも教える、というものだった。

「八重さん、かなりのものだよ。入力だってすごく速いし、お姉ちゃんよりずっと慣れてる」

おみそれしました、とおちゃらける馨に、美音は深いため息を返した。

「スマホにそこまで慣れてるっていうのは、やっぱり必要があったからだと思うの。要さんと一緒に住んでるときも、要さんは仕事で朝から夜中まで留守。休日出勤もあるし、海外出張も……となったら、ひとり暮らししてるようなものでしょ？　連絡はもっぱら携帯頼りとなったら、入力だって速くなるわよ……」

「そっか……」

美音の指摘に、馨ははっとさせられた。

確かに美音がいつまで経ってもスマホの扱いに慣れないのは、必要がないからだ。今でこそ、要との連絡にスマホを使っているけれど、それまでは『不携帯電話』と言われてしまうほど、バッグの中やそこらに置きっ放しにしていた。

わからないことを調べるときですら、『馨、おねがーい！』で済ませていたのだから、スマホなんて使えなくても支障はない。だが、八重は、ありとあらゆることを自分でやらねばならなかった。それはある意味、悲しい事実と言えた。

「やっぱり……お義母《かあ》さんと一緒に暮らすほうがいいのかな……」

眉間に皺《しわ》を寄せ、美音がぽつりと呟く。

「今更なに言ってるのよ。八重さんは砂糖山盛りの新婚夫婦となんて暮らしたくなかったんだよ。それにスマホでやりとりする相手だって、少なくとも今までよりは増えたし」

「それ、私のこと？」

「そう。八重さんは賢い人だから、仕事中の要さんに頻繁にメッセージを送ったりしないでしょ？息子相手に愚痴もどうかと思うだろうし。その点お姉ちゃんは、日中はそれなりに時間があって、愚痴でもなんでも聞いてくれる」

「そうかしら……」

「そうそう。というか、そう思っておくほうがいい。それに、これからはあたしも参戦するしね！そうだ、激甘新婚夫婦の傍迷惑レポートでも送ってあげよう」

「やめなさーい！」

傍迷惑なことぐらいわかってるわよ、と美音は唇を尖《とが》らせる。それでも、改めるつもりなど皆無らしき姉にちょっと安心もした。まあ、どれだけ美音が改めたくても、相手が要ではどうしようもない。盛大に砂糖を撒《ま》き散らしているのはもっぱら要なのだから……

「とにかく、一度八重さんのところにお邪魔させてもらうよ。たぶん、一回では覚えきれないと思うから、二、三回通わせてもらうことになると思う」

「くれぐれも……」

「わかったって！　言葉遣いも所作振る舞いも気をつける。あたしだって、『タクのほうがお利口』なんて思われたくないし！」

「それはありえるわねえ……」

冗談のつもりの言葉に真顔で返され、馨は見事に撃沈した。

何度かやりとりした結果、馨は翌週月曜日の午前中に八重の家を訪れることが決まった。

馨は最初、日曜日になるだろうと思っていた。だが、八重曰《いわ》く、自分はいつでも暇だけど、馨にとって日曜日は貴重な休日だ、結婚も決まったことだし、帯の結び方より優先すべきことがあるでしょう、とのこと。どこまでも配慮に富んでいる、さすが要さんのお母さんだ、と感心してしまった。

馨が八重のところに行くと聞いた要は、自分が送っていくと言ってくれた。だが、会社の始業時刻に間に合うように送ってもらうためには、かなり早い時刻の移動となる。

要は、『そんなのなんとでも……』と笑っていたが、さすがにこんな用事のために遅刻させるわけにはいかない。前に一度行ったことがあるから、道順だってわかっている。自分で行けるから大丈夫と断った。

美音は美音で、せめて初日だけでも……とついてこようとしたけれど、こちらも『仕込みがあるでしょ？　帰る時間を気にしてたら、覚えられるものも覚えられない』と撃退した。

かくして月曜日の朝、馨はひとりで八重の家に向かうことになったのである。

八重の家にも浴衣はあるし、練習にそれを使ってもらってもかまわないと言ってくれた。けれど馨は、どうせなら実際に着る浴衣で練習したほうがいいだろうと考え、萌黄色《もえぎいろ》の浴衣を持参することにした。

襦袢《じゅばん》や小物がたくさん必要な着物と違って、浴衣は一枚だけでいいし、練習だから皺《しわ》なんて気にならない。帯も半幅《はんはば》だからバッグに楽に入るのはありがたかった。

電車を何度か乗り換え、八重の家の最寄り駅に到着した。

そこから五分ほど歩いて八重の家のインターホンを押したのは約束の時間、午前十時ちょうどだった。家を出てからおよそ一時間、親族の顔合わせのときは要の車で三十分ぐらいだった気がする。

なるほど、どうりで車を手放したがらないわけだ……と考えていると、ドアが開いた。

「いらっしゃい、馨さん。遠いところをようこそ」

「おはようございます。無理なことをお願いしてすみません」

「ぜんぜん」

浴衣の着付けなんて朝飯前よ、と笑いながら、八重は馨を家の中へと促《うなが》す。

てっきり和服を着ていると思っていたら、八重は普通のワンピース姿だ。素材はおそらく綿、ウメもときどき似たような服を着ているから、この年頃の女性の普段着として最適なのかもしれない。

まず案内されたのは、リビングダイニングだった。テーブルの上には、お茶菓子とティーポットが出されている。

「とりあえず、一休みしてね。お紅茶でいいかしら？」

「はい。あの……なんか、本当に申し訳ありません……」

わざわざ用意してくださったんですか……と恐縮する馨に、八重は平然と言った。

「心配しなくても、馨さんのためってわけじゃないわ。普段から十時にはお茶をいただくことにしてるの。年寄りは朝が早いでしょ？　近頃は四時半ぐらいに目が覚めて、朝ご飯も五時過ぎに食べちゃうから、これぐらいの時間になるとお腹が空いて……」

おつきあい願えると嬉しいわ、と微笑み、八重はティーポットに茶葉を入れた。タイミングを合わせたように薬缶《やかん》がピーッと鳴り、八重がお湯を取りに行く。そこではっとしたような顔になり、訊《たず》ね直す。

「お紅茶、熱くて大丈夫かしら？　冷たくしたほうがよければ氷を……」

「熱いほうが好きです。それにこれ、イングリッシュブレックファーストですよね？　ミルクでいただきたいです」

「あら、イングリッシュブレックファーストをご存じ？　馨さん、お紅茶に詳しいのね！」

紅茶には様々な種類があるが、日本ではダージリンやアッサム、アールグレイなどが有名で、イングリッシュブレックファーストはさほど知られていない。ブレンドティーだからという理由もあるのかもしれないが、なにせ紅茶王国として名高い英国でミルクティーのために作られた紅茶なのだ。これ以上、ミルクティーに相応《ふさわ》しい紅茶はない――というのが、八重の主張だった。

「嬉しいわ。イングリッシュブレックファーストの魅力を知っていてくださる方がいて。やっぱりイングリッシュブレックファーストといえば、ミルクティーよね」

「えーっと……」

あまりに褒め上げられて、馨は次第に居心地が悪くなってきた。なぜなら、馨がこの紅茶を知っているのは哲の母親、ユミコのおかげだからだ。

哲の両親はふたりで小さな喫茶店を営《いとな》んでいる。その喫茶店に、いくつか紅茶メニューがあった。

もともとはコーヒー専門店だったのだが、少しでも客を増やそうとユミコの趣味だった紅茶を取り入れた結果である。

正式に哲との結婚が決まったあと、何度か哲の両親の喫茶店を訪れ、紅茶の美味しさに開眼した馨は、ユミコに紅茶について教えてもらったのだ。

イングリッシュブレックファーストもそのなかのひとつで、ユミコに教えられるまではミルクティーに向いていることどころか、名前すら知らなかった。しかも、それを聞いたのはつい最近……はっきり言って、昨日のことだ。付け焼き刃にも程があるというものだった。

「ごめんなさい。あたし、それほど詳しいわけじゃないんです。ほとんど全部受け売りで……」

「あら……どういうこと？　もしかしてお詳しいのは美音さん？」

「じゃなくて、哲くんのお母さんなんです」

「哲くん……ああ、馨さんの婚約者の！　じゃあ、いずれ馨さんのお姑《しゅうとめ》さんになる方ね！　そんなにお詳しいの？」

「はい。若いころからずっと紅茶がお好きで、本格的な紅茶が飲みたくて英国にまで行っちゃったそうです。それなのに、結婚した相手がコーヒー専門店のオーナーで……」

「あらあ……それはちょっとお気の毒ね」

「でも、今は紅茶も出すようになったので、ユミコさんも嬉しそうです。それで、あたしにもいろいろ教えてくださったたってわけなんです」

「そうだったの……」

お姑さんから教えてもらったなんて素敵ね、と八重は大喜びしている。さらに、はっとしたように言う。

「馨さんのお姑さんになるってことは、私にとっても親戚みたいなものよね？」

「そう……なりますね」

「じゃあ、いつかお会いできるかしら。私もお紅茶についてのお話、聞いてみたいわ」

「もちろん。あ、お店のほうに行ってみても……」

午後の手が空いたころを見計らって行けば、話をすることもできるだろう。なんなら一緒に行って紹介しても……という馨に、八重は食いつかんばかりに言った。

「ほんと!?　絶対よ！」

そうと決まったら、さっさと用事を片付けましょう、と八重は腰を上げかける。そしてティーポットを見て笑い出した。

「あらやだ。まだお茶も差し上げてなかったわ。ごめんなさいね」

おそらく頭の中が、ユミコに会うことで一杯になっていたのだろう。この隙のなさそうな人に、こんなところがあったのか……となんだか親近感を覚えてしまった。

牛乳のパックにはよく数字が書かれているが、ミルクティーに使われたのは三・六とか三・七どころではない、おそらく四・〇だろうと思われる濃さの牛乳だった。

話し込んでいたため、抽出時間は少し長めになってしまったのに渋くなりすぎることもなく、穏やかな香りと牛乳の甘味がなんとも言えない。さすがは『ミルクティーのためにつくられた紅茶』だと実感させられた。

カップに注ぐ際、ミルクが先か紅茶が先か、なんて、紅茶党ならではの問題が出てきたが、ふたりともがミルクが先と断言したため議論になることはなかった。もっとも馨の場合は、完全にユミコの受け売りだったけれど……

「これ、日持ちするもの？　今いただいたほうがいいかしら？」

英国お墨付きのミルクティーができあがったところで、八重が声をかけてきた。彼女が手をかけているのは、馨が持参した手土産《てみやげ》の箱だ。八重のことだから、手土産をすぐに出すのはマナー違反だとわかっているのだろう。それでもなおこんなことを言い出すのは、明らかに洋菓子が入っていそうな箱だったからに違いない。もしかしたら賞味期限が本日中かもしれない、と心配した可能性もある。

馨は即座に答えた。

「日持ちはしますけど、できれば今のほうが……」

「じゃあ失礼して……あら！」

八重の声が一気に嬉しそうなものに変わる。よく見ると目まで輝いていた。

「まあ、まあ、まあ！　スコーンだわ！」

「それ、哲くんのお母さんのお手製なんです。お店で出したいからって練習中だそうで、たくさんあるから持っていってって……」

頂き物を持ってきてしまってごめんなさい、と謝る馨に、八重はあっけらかんと笑った。

「そんなこと気にしなくていいのよ。馨さんも今はひとり暮らしなんでしょう？　たくさんの頂き物はちょっと困るわよね」

「そうなんです。冷凍もできるからってたくさんくださったんですけど、冷凍したら味が落ちそうだし……」

「それで持ってきてくださったのね。嬉しいわ」

そして八重はスコーンを箱から小皿に移し、ほれぼれと見とれる。

「こんなにきれいなスコーンを見たのは久しぶりよ。これはもう練習というレベルじゃないわ。明日、いいえ今日からでもお店に出してほしいぐらい。そうしたら私、すぐに買いに行くから」

「そんなに？」

「ええ。日本はもちろん、英国まで出かけて本格的なアフタヌーンティーやクリームティーを何度も経験した私が言うんだから確かよ。間違いなく『売り物』になるレベルです」

「そうですか……」

帰ったらすぐに哲に連絡しよう。ものすごく喜んでくれるに違いないし、彼のことだからすぐに母親に伝えてくれるはずだ。昨日自分で食べてみたときも、とても美味しいと思ったけれど、目が肥えた八重のお墨付きがあれば、ユミコは自信を持って店に出せるだろう。

茶葉を吟味し、丁寧に淹れた紅茶と手作りのスコーンは、門前町《もんぜんまち》にある喫茶店の新たな名物になるに違いない。

喜ぶユミコの顔を思い浮かべながら、馨はミルクティーを味わった。

お茶の時間が終わったあと案内されたのは、顔合わせのときに使った二間続きの和室だった。

もともと広いのに、座卓も端に寄せられているためさらに広く見える。座卓の上にはいくつかの小物が置いてあり、姿見も用意されている。まさに準備万端という感じだった。

「じゃ、始めましょうか」

八重の声で、馨はバッグから浴衣と帯を取り出した。もうそれ以上、バッグからなにも出てこないのを確認し、八重が座卓の上の小物に手を伸ばす。

「これが腰紐、これが帯板、そしてこれが伊達締《だてじ》めよ。この伊達締めはマジックテープを使っているから扱いが簡単。こちらは着付けベルト。これがあるときれいに仕上がるし、着崩れも防げるの。そしてこれが着物クリップ。お手洗いに行くときなんかにとっても便利」

八重はすらすらと説明してくれるが、一度に覚えられる気がしない。それ以前に、浴衣を着るのにこんなにいろいろ小物が必要なんて思ってもみなかった。ちゃんと調べて用意してくるべきだった、と思っても後の祭りだ。

「すみません。あたし、浴衣と帯だけあればいいんだとばっかり……」

だが、小さくなって詫びる馨に、八重はあっけらかんと返した。

「小さいお子さんならそれでかまわないんだけど、大人となるといろいろ必要なのよ。でも大丈夫、うちにはたくさんありますからね。あ、でも肌着だけは……」

そして八重は、馨の頭の先から足の先まで視線を走らせる。そして、軽くため息をついて言った。

「やっぱり、馨さんは背丈があるわねえ……。私のサイズなら新しい肌着もあるんだけど、馨さんにはちょっと小さくて」

着物や浴衣は、おはしょりでどんな体型の人にでも合わせられる。それが和服の利点だが、肌着となるとそうはいかない。どちらかと言えば小柄な八重と、明らかに高身長である馨ではサイズが異なるのは当然だった。

「とりあえず今日は着付けの練習だから和装用の肌着はなしにしましょう。浴衣を着てお出かけをするまでに用意してね」

「そうします。あ、他の小物もまとめて」

『ぼったくり』がある商店街の近くにできた『ショッピングプラザ下町』には、呉服屋も入っている。肌着や小物はそこで買えるはずだ。店員さんに訊きながらなら、馨にだって買えるに違いない。

だが八重は、そんな必要はないと言う。

「肌着は仕方がないけど、小物はここにあるのを持って帰ってちょうだい」

「でも……」

「むしろ、お願いだから持って帰って、って感じなのよ。私ももう年だから、終活しないとね」

さらりと切ない台詞《せりふ》を吐き、八重はふっと笑った。

その笑顔になんだか見覚えがある気がして、必死に記憶を探る。浮かんできたのは、美音が結婚する前にやった『たこ焼きパーティ』のときのウメだった。

確かあの日、ウメの家には、押し入れから出した貰い物の箱が積み上がっていた。本人は『断捨《だんしゃ》離《り》』だと笑っていたけれど、今思えばどことなく寂しさを含んだ笑みだった。あれはきっと、『断捨離』の裏に『終活』という言葉を隠していたからだろう。

こんなとき、美音なら相応《ふさわ》しい言葉が選べるはずだ。八重を力づけ、笑みから切なさを払拭できるような言葉を……

だが、馨にそんな能力はない。やむなく口の中でもごもごと呟く。

「終活なんてまだまだ早いですよ……」

「準備は早いに越したことはないのよ」

「でもでも……怜さんも要さんもいらっしゃるし……」

「あの子たちが自分で片付けてくれるならいいんだけど、どうせお嫁さん任せになっちゃうでしょ？　それじゃあ、香織《かおり》さんや美音さんが気の毒じゃない。そんなことより！」

さっさと話を切り上げ、八重は馨の浴衣を広げた。

「これ、とってもいいものよ。生地はしっかりしてるし、縫い目もこんなにきれい。馨さんたちのお祖母様は仕立てがお上手だったのね」

「どうでしょう……？　数えるほどしか会ってないし、あんまり覚えてないんですよ」

母が馨を産むときに手伝いに来てくれたことは知っている。だが、それはあくまでも母の入院中、美音の面倒を見るためだ。生まれたばかりの馨が覚えているわけはないし、その後は年に一度、いや数年に一度ぐらいしか顔を合わせなかった。祖母に関する記憶がほとんどないのは当然だろう。

「そんなものかもしれないわね。でもちょっと寂しいわね。私は孫ができたら、せっせと会いにいくことにしましょう……あ、これ内緒ね！」

珍しく慌てた様子で八重が言う。こんなの『孫産め』コールにしか聞こえないわ、と自分を責める。つくづく馨は、この人は本当に『できた姑《しゅうとめ》』だ、と思ってしまった。

その後、まず手順からということでおはしょりの仕方、腰紐や帯板といった小物の使い方を説明しながら、八重が馨に浴衣を着せてくれた。あっという間に仕上がり、普段から和服を着慣れていることがよくわかる。帯は基本的な結び方だという文庫結びで、考えなくても手が勝手に結んでいるという感じだった。とはいえ自分にできるかと言われると疑問だ。できたとしても、こんなにきれいには結べない。何度も練習するしかないだろう。

あまりの手際の良さにため息をついていると、八重がにっこり笑って言った。

「文庫結びは基本だけど、難しいと言えば難しいのよ。今からもっと簡単な結び方をお教えするわ。リボン結びって言うの」

文庫結びを、初心者でもひとりで結べるようにアレンジしたのがリボン結びだそうだ。確かに、文庫結びよりは簡単そうだが、それでも難しい。やはりため息しか出なかった。

「そんなにため息をつかないで。一度覚えてしまえば大丈夫だから」

そう言うと八重は、今度は自分が浴衣を羽織る。普段から着ているものらしく、何度も洗濯して生地もすっかり柔らかくなっているようだ。あとは帯を締めるだけ、となったところで手早く馨の帯を解き、馨に渡した。

「じゃ、一緒にやってみましょう」

八重は抹茶色《まっちゃいろ》の帯、馨は赤い帯。姿見はひとりしか映らないので馨が使わせてもらい、ふたり並んで帯を締め始めた。

並んで立ってもらうと、とても真似やすい。次は、こっちをこうやって……と指示されるとおりに帯を畳んだり巻いたりしているうちに、気がつけばきれいなリボンができあがっていた。

「ほら、できた。そんなに難しくないでしょ？」

八重は嬉しそうに言うが、きれいに結べたのは八重の指示があってこそだ。ひとりでできるとは思えなかった。

「じゃあ、次は私のを結んでみて」

姿見に映る帯に見入っていた馨は、八重の声で振り向いた。八重の手には解かれた帯が握られている。いつの間に？　と思いたくなるほどの早業だった。

「この帯は柔らかいでしょ？」

「はい。結びやすいです」

一度しか結んだことがない赤い帯と違い、八重の帯はとてもしなやかだ。巻くのも形を作るのも楽だし、人の帯を結ぶのは自分のよりも簡単だ。もっともそれも、八重の指示があってこそだけれど……

そんなことを考えながら、帯を結んだり解いたりを繰り返す。八重は驚くべき根気強さで、馨が手順を覚えるまで付き合ってくれた。

十時半ごろから始めておよそ二時間、八重が終了宣言を出した。

「はい、お疲れさま。だいたい手順は覚えたみたいね」

「なんとか……。本当にありがとうございました」

「どういたしまして。これでもうひとりでも着られるわね」

「どうでしょう……。明日になったら忘れてるかもしれません」

あたしって脳みそスカスカだからなあ……と呟いた言葉を聞きつけ、八重が盛大に笑った。

「スカスカってことはないわ。せめて浴衣ぐらいは自分で着たいから教えてほしいって頼まれることもあるけど、二時間ぐらいじゃお話にならない人ばっかり。その点、馨さんはとっても優秀。それに着付けって、どちらかというと頭じゃなくて身体で覚えるものなの。そういうのって、案外忘れないものよ」

そんな嬉しい言葉をくれたあと、八重は使った小物を片付け始めた。もちろん、馨も手伝う。最後に腰紐をきれいな五角形にまとめる方法を教えてくれたあと、八重は部屋を出ていく。戻ってきた彼女の手には、有名百貨店の手提げ袋があった。

さっきまで使っていた小物をすべてそこに納め、馨にひょいと手渡す。

「じゃあこれ、持って帰ってね」

「え、でもやっぱりいただくわけには……」

「いいのよ。さっきも言ったとおり、うちにはたくさんあるし、練習に使ったもののほうが手に馴染んでるから」

そんなやりとりで押し切られ、結局馨は小物一式を受け取ることになってしまった。

一瞬、お姉ちゃんに叱られそうだな……と心配になったが、美音も言い出したら聞かない八重の性格ぐらいわかっているだろう。どうせ叱られるなら、もらえるものはもらったほうがいい。この小物たちがなければ浴衣は着られない。和装小物は案外高いし、結婚を控えた身としては節約できるところはしたい。なんといっても、こちらには佐島家みたいな強大な後ろ盾はないのだ。

今受けた恩は先々返していけばいい、と自分に言い聞かせ、馨は八重とふたりで壁際に寄せてあった座卓を部屋の中央に戻した。

「本当にお世話になりました。じゃあ、あたしはこれで……」

深々と頭を下げたあと、馨はそのまま玄関に向かおうとした。ところが、八重はとんでもないと言わんばかりに引き留めた。

「お昼を召し上がっていってくださいな」

「そんな……。ただでさえご迷惑をおかけして、小物までいただいたのに、この上お昼なんて……」

「まあそう言わないで。実は、こんなに早く終わるとは思わなかったから、お昼も用意しておいたのよ。私ひとりでは食べきれないから、どうか食べていってちょうだい。こんなお祖母ちゃんの相手をさせて申し訳ないけど」

そこまで言われたら断るに断れない。

なにより、時刻はすでに午後一時を過ぎている。十時のお茶でスコーンを食べたとはいえ、浴衣の着付けを『身体で』覚えたせいか、お腹はぺこぺこで今にも不躾《ぶしつけ》な音を立てそうだった。

「美音さんのお料理には到底敵わないとは思うけど、まあ召し上がっていって」

追い立てられるようにリビングダイニングに戻ったところで、ピピピ……という電子音が聞こえた。どうやら、さっき手提げ袋を取りに行ったついでに、オーブンレンジを作動させてきたらしい。

「グッドタイミング！　上手くできたかしら……」

八重が耐熱ミトンを嵌めてオーブンを開ける。引き出された天板に載っていたのは、大きなピザだった。

お昼をすすめられたときは、てっきり和食だろうと思っていた。ピザなんて想定外、だが、とても嬉しい誤算だった。

ピザを大皿に移しながら、八重が訊《たず》ねる。

「馨さん、ピザはお好き？」

「大好きです！」

「よかった。美音さんも馨さんも、普段から和食は食べつけていらっしゃるだろうし、プロの料理人さんと同じ土俵で勝負する勇気はなかったのよ。ピザなら……と思ったんだけど、美音さんならわからないわね。もしかして、ピザも手作り？」

不安そうにこちらを窺う八重に、馨は噴き出しそうになってしまった。着付けを教えているときはあんなに自信たっぷりだったのに……

とはいえ、ここで笑うのはあまりにも失礼、ということで、弾けそうな笑いを『微笑み』程度に抑え込んで答える。

「店でピザを焼いたことはありません。家で作るイタリアンはせいぜいパスタ、さもなければトマト煮込みみたいなおかずの類《たぐ》いです。ピザは買うもの、というのが我が家の決まりです」

「よかったー！　じゃあ、冷めないうちに食べましょう」

ピザカッターを使う手にまったく迷いがない。きっと慣れているのだろう。

ピザの大きさは、デリバリーのピザのMサイズとLサイズの中間ぐらいだ。普段の自分の食欲と、顔合わせのときに八重が食べていた量から考えて、ちょうどいいサイズである。なるほど、手作りにするとサイズだって自由自在、お腹の空き具合に合わせられるんだな、と感心してしまった。

テーブルにピザののった大皿と取り分け用の小皿、さらにフォークとおしぼりを並べたあと、八重は冷蔵庫に向かった。

「お飲み物はなにがいい？　お酒……はまずいかしら。このあとお仕事ですものね」

その声があまりに残念そうで、思わず馨は言ってしまった。

「あたしはパスですけど、八重さんは是非！」

「でも、私だけなんて……」

「ご心配なく。あたし、お酒を呑んでいる人を見るのが大好きなんです。美味しそうに呑んでるなあ、楽しそうだなあ、ってこっちまで嬉しくなっちゃって」

「あらあ……じゃあ、居酒屋のお仕事にすごく向いてるってことね？」

「そうみたいです。姉はどっちかっていうと、お料理のほうみたいなんですけど」

「どう違うの？」

「もしかしたら、これはあたしの思い込みかもしれないんですけど……」

美音が酒を疎《おろそ》かにしているということではない。なんといっても、新婚旅行が酒蔵巡《さかぐら》りになってしまうほど酒への興味も愛着も深い。ただ、料理と酒を並べたとき、どちらを先に考えるかという点が、自分とは違う気がするのだ。

美音の場合、料理を美味しく食べてもらうために酒を添える。仕入れる酒を選ぶ際も、料理との相性を考えて決める。酒を選んで、それに合う料理を考えるのではなく、まず料理ありきなのではないか。

それに対して馨は、『初めに酒ありき』という考え方だ。そもそも馨は、料理の腕は美音の足下にも及ばない上に、酒と料理の相性を判断する力が付いていない。それもあって、お酒そのものをしっかり味わってもらいたい、『空酒』でもしみじみ美味しい酒を探したい気持ちが強いのだ。

とはいっても、そんな自分の気持ちに気づいたのはつい最近、これから先、どのように暮らしていくかを考えたときのことだった。

黙って馨のひとり語りを聞いていた八重が、そこで口を開いた。

「どのように暮らしていくか、って？」

「あたし、ふと思っちゃったんです。さっき、お孫さんの話が出ましたけど、姉たちだって子どもを持つことについて考えてると思います。あたしほどじゃないですけど、姉も子ども好きですし。

だとしたら、その間『ぼったくり』をどうするんだろうって……」

美音はもう三十歳を超えている。要なんてはっきり言ってアラフォーだ。そんなふたりが結婚したのだから、子どもを持ちたいのであればのんびりしている暇はない。

美音が妊娠、出産となったとき『ぼったくり』をどうするのか、というのは、馨にとっても、いや馨にとってこそ大問題だ。こんなことを言うと姉は激怒するだろうけれど、『ぼったくり』を畳もうが休業しようが、美音が経済的に困ることはない。要の給料だけでも十分暮らしていけるからだ。

だが、馨はそうはいかない。哲だって平均並に稼いでいるけれど、馨が働かずにすむほど豊かではない。『ぼったくり』が休業して、馨が無収入になるのは避けたいのだ。

居酒屋は立ちっぱなしの仕事だし、出産ぎりぎりまで続けるのは望ましくない。仕事に復帰するのも、事務仕事をしている人よりは遅くなる。どうかしたら一年以上、店を閉めることになりかねないのだ。

それは馨にとって、とても困った事態だ。それ以上に、そんな馨の境遇を気にして、美音が子どもを持つことをためらうのは、もっともっと困る。このところの馨は、どうにか姉妹ふたりともがうまくいく方法はないのか、と探り続ける日々なのだ。

そんな中で馨が考えたのは、美音がいなくても『ぼったくり』を営業し続ける手段はないか、ということだった。

馨は『絶賛修業中』の身で、中学生になるかならないかのうちから台所に立っていた美音とは比べるべくもない。はっきり言って、美音がいなければ碌《ろく》な料理は出せない。それでもなんとかひとりで店を開けることはできないか、と考えたとき、思いついたのは品書きを簡略化するという方法だった。

『ぼったくり』だと自嘲しながらも、父や美音の料理は懇切丁寧に作られたものばかりだ。家でも作れる料理だからこそ、手間暇をかけてお金を取れるものにしなければならない。それが父の代からの『ぼったくり』のコンセプトで、家庭ではとうてい一度に食卓に並ばない品数も、父たちのポリシーの一部だと馨は思っている。

それらをすべて馨が作ることはできないが、品数を減らせばなんとかなるのではないか。馨にも作れる料理に絞り込むことで、『ぼったくり』を営業させたまま、美音に産休・育休をとらせることができるのではないか、と考えたのである。酒の種類ではなく料理を減らし、空酒あるいは乾き物といった簡単なつまみで楽しめる銘柄を中心にすればいいのだ、と……

そう考えたとき馨は、自分のこだわりが『料理』ではなく『酒』にあると気づいた。減らすとしたら酒ではなく、料理の数だという判断がその証《あかし》だった。

「父と姉は料理人です。でも私は、お酒を売る人みたいです。料理の腕がいまひとつなのも、たぶんそのせいかな……と」

　ピザを前にそんな話をする馨に、八重は対応に困っているようだった。

「すみません。変な話になっちゃいましたね。とにかく、あたしはお酒を呑んで楽しそうにしている人を見るのがすごく好きだってことです。だから、どうぞお好きなものを召し上がってください」

「わかったわ。じゃあ……」

　そう言いながら八重が冷蔵庫から取り出したのは、缶ビールだった。しかも二種類、どちらも国産で有名銘柄のビールだったが、片方はノンアルコールタイプである。

「これなら大丈夫でしょ？　あ、でも、ソフトドリンクがよければ、それもあるわ」

「ソフトドリンクってなにがありますか？」

「コーラとオレンジソーダ……ぐらいかしら？」

「両方ってありですか？」

「ぜんぜんかまわないけど、そんなに喉が渇いてるの？」

　そう言いながらも、八重はコーラやオレンジソーダをテーブルに並べる。さらに、馨に言われるままに氷と大きめのグラスも用意してくれた。

「八重さん、ビールはこのままじゃなくても大丈夫ですか？」

「このままじゃなくて？　あ、カクテルってこと？」

「はい。ピザに合いそうなのを知ってるんです」

「それは楽しみ。ぜひ作ってちょうだい」

「ではでは」

　こうしている間にもピザはどんどん冷めていく。馨は大急ぎでふたつのグラスに氷を入れ、中程までビールを注ぐ。片方は普通のビール、そしてもう一方にはノンアルコールタイプを使った。

　続いてコーラ、さらにオレンジサイダーを入れて軽くかき混ぜれば『オレンジコーラビア』の出来上がりである。

「あら、お洒落《しゃれ》。でもこれ、レモンを入れたらもっと素敵なんじゃないかしら？」

「さすがです。レモンもありますか？」

「あいにく生はないけど、果汁ならあるわ」

　八重が嬉しそうに出してきたレモン型のプラスティック容器から、グラスに数滴果汁を落とし、今度こそ完成だった。

「これ、知らなければ同じものに見えるわね。相手も呑める人なのに、自分だけお酒ってちょっと気が引けるけど、これなら安心だわ」

「ノンアルコールカクテルって、そういう効果が大きいですよね」

世の中は呑兵衛《のんべえ》ばかりじゃない。アルコールが苦手な人もいれば、アレルギーでまったく受け付けない人もいる。そんな人にとって、呑み会の場は苦痛が大きい。今はかつてのようにアルコールを強要されることは減ったとはいえ、みんなが酒を呑んで盛り上がっているときに自分だけ呑まない、あるいは呑めないというのは場違いではないか、と気にする人もいるだろう。逆に、八重のような配慮に富む人は、呑まない相手を気にして自分も控えてしまいかねない。

ノンアルコールビールはそうした人たちのために開発されたようなものだと馨は思っている。さらにノンアルコールカクテルは、見た目もかわいらしいものが多く、若い女性に人気だという。

若い女性のひとりである馨としては、ノンアルコール飲料、とりわけノンアルコールカクテルには興味津々で、家でもいろいろ試している。その中でも、『オレンジコーラビア』は美味しい上に簡単に作れるお気に入りだった。

「ビールの苦みとコーラやソーダの甘味がちょうどいい感じで、とっても美味しいわ。それにお酒が入っていないほうは、呑めない人にすごく喜ばれそう。これ、お店では出さないの？」

「『ぼったくり』で、ですか？　ちょっと合わないんじゃないでしょうか」

「お店には呑めない人はいらっしゃらないの？」

「うちのお客さんは、強い弱いは別にして、お酒好きな人が多いので……」

『ぼったくり』に来て、酒を頼まない客は稀《まれ》だ。アキラの弟分であるカンジでさえ、アルコールは苦手と言いながらも、ビールをレモンサイダーで割った『ラドラー』を愛飲している。

こんなことを言ったらアキやトモに叱られるかもしれないが、そもそも『ぼったくり』はカップルがデートに使うような店ではない。いろいろな酒を置いているものの主流は日本酒で、あとはビールとウイスキー、近頃焼酎《しょうちゅう》の品揃えに力を入れ始めたところ、という感じだから、カクテルという存在自体が不似合いな気がするのだ。

ところが、馨の話を聞いた八重は少々不満そうに首を傾げている。

「そうかしら……。『ぼったくり』のお料理はバラエティに富んでいるみたいだから、意外とカクテルもいいと思うけど。それに、カクテルを置くことで若いお客さんが増えるかもしれないし」

「そこまでするには、もっとちゃんと勉強しないと。あたしにはちょっと……」

シェーカーを振ったりはしないけれど、『ぼったくり』でも時折、ステアするだけで済むロングカクテルを出すことがある。だがあれも、美音がレシピをしっかり調べ、何度も試作した上でのことだ。ほかにも覚えなければならないことが山積みの馨は、とてもじゃないけれどカクテルの勉強をする余裕はない。これはあくまでも自分が楽しむためにやっていることで、店で通用するとは思えなかった。

「言われてみればそのとおりね。中途半端なことをしたら、美音さんにすごく叱られそうだし」

「間違いないと思います。カクテルに手を出す気なら、バーテンダーの修業から始めなさい！とか目を吊り上げそう……」

「あら怖い。でも……バーテンダーねえ……」

そう言いながら、八重は馨の姿を正面から見た。しばらくまじまじと見つめていたあと、軽いため息とともに言う。

「馨さんのバーテンダー姿、ちょっと見てみたいわ。すごく似合いそう」

上背があるから見栄えがするに違いない、と八重に言われ、馨はバーカウンターに立つ自分を想像してみる。真っ白なシャツに黒いベスト、蝶ネクタイを締めた姿は、確かにまんざらでもないかもしれない。視線を天井に向けて想像している馨を煽《あお》るように、八重が言う。

「素敵でしょ？『男装の麗人』って感じがして。でも、確かにあのお店では無理ね」

自分で広げた風呂敷をさっさと畳み、八重はピザを食べ始めた。もちろん馨も……

お腹は限界に近く空いているし、焼きたてのピザを一刻も早く味わいたかった。

ピザを一齧《ひとかじ》りした馨は、感嘆の声を上げた。

「このピザ、ものすごく美味しい！　海苔《のり》の風味がなんとも言えません」

ピザの具は炒めたタマネギと鶏肉、味付けは醤油ベースで若干甘味が勝っている。そこにチーズと刻んだ海苔をふんだんにかけた照り焼きチキンピザだった。

美味しい美味しいと次々に平らげる馨に、八重は子どものように手を叩いて喜んだ。

「よかったー！　照り焼きチキンにするか、オーソドックスなミックスピザにするかで、ちょっと悩んだのよ」

「どっちも大好きですけど、この照り焼きチキンピザは最高です。こんなに美味しいピザは食べたことありません。というか、このピザ、冷めかけでもこんなに美味しいって……」

「ああ、それは照り焼きだからでしょうね。照り焼きは冷めても美味しいから。息子たちのお弁当にもよく入れたわ」

「確かに……。とにかくこのピザはお店のものに匹敵しますよ。なにより、生地から手作りなんてすごいです」

「手作りって言ってもねえ……」

そこで八重は、急に後ろめたそうな顔になった。なにかと思ったら、生地は怜の妻である香織が作ってくれたという。

「実は私、ピザが大好きなのよ。要がいたときはデリバリーを頼むこともあったけど、ひとりでは食べ切れなくて。そんな話を香織さんにしたら、生地を作って届けてくれたの。冷凍しておけば、いつでも好きなときに食べられます、具なんて適当でいいですからって」

「香織さんって、ピザ生地を作られるんですか？」

「ピザだけじゃなくて、パンやお菓子もお得意よ。たくさん焼いては、私にも届けてくれるの」

ピザの生地も、お腹の空き具合に合わせられるように様々なサイズを作ってくれる。今日使ったのはかなり大きめで、ひとりでは食べ切れそうもないと思っていたが、来客のときはちょうどいい。

そこまで見越してサイズを揃えてくれたなんて、行き届きすぎだ、と八重は香織を褒めあげた。

「そうやって、お裾分けを理由にちょくちょく顔を見に来てくれるの。要が結婚してから、少し回数も増えた気もするし」

「優しい方ですねえ……」

「怜にはもったいない人よ。もちろん美音さんもね。うちの息子たちは、本当に恵まれてるわ」

あのふたり、前世でどんないい行いをしたのかしら……と八重は首を傾げている。嫌味でも何でもなく、本心からそう思っていることが伝わってきて、馨も嬉しくなってしまった。

「怜さんや要さんがいい人だからですよ。香織さんのことまではわかりませんけど、少なくともうちの姉は、要さんみたいな人じゃなければ結婚しようとは思わなかったはずです」

「そうかしら……美音さんなら、どんなお相手でもうまくやっていけそうだけど」

「まさか。めっちゃくっちゃ面倒くさいんですよ、あの人。なんかあるとすぐうじうじするし、そのくせ、落ち込むだけ落ち込んだらさっさと切り替えて何食わぬ顔……。心配し甲斐がないというか、するだけ無駄というか……。おまけにこうと思ったら意地でも意見は曲げないし。要さんぐらい押しが強くて動じない人じゃないと、とてもじゃないけど夫婦はやっていけません」

滅茶苦茶を『めっちゃくっちゃ』と強調した挙げ句、散々美音をこき下ろした馨に、八重は笑いを堪《こら》え切れなくなっている。ひとしきり笑ったあと、軽い会釈《えしゃく》とともに言った。

「ごめんなさい。でも、すごくわかる気がするわ」

「でしょう？　だから姉にとって、要さんは唯一絶対の旦那様なんです」

「それを聞いて安心したわ。あんな不良品を引き取ってくれただけでも感謝なのに」

結婚相手ではなく、自分の息子を不良品という姑《しゅうとめ》は希有《けう》だ。美音は本当にいい家に嫁いだ。

それを確信し、馨はますます嬉しくなる。ピザの味がまた一段上がったような気がした。


「あら、もうこんな時間。楽しくて、すっかり話し込んでしまったわ」

長々と付き合わせてごめんなさいね、と八重はすまなそうに言う。だが、長々と話し込んだのは自分も同じだ。着付けもそのあとの時間も、本当に楽しかった。できればまたこんな時間を持ちたいと思うけれど、もう帯は自分でも結べそうだし、なにより息子の妻ならまだしも、その妹に何度も付き合わせるのは申し訳なさすぎた。

「本当にお世話になりました。じゃあ、あたしはこれで」

「お疲れさま。年寄りの話に付き合ってくれてありがとうね。嫌かもしれないけど、時間ができたらたまには来てくれると嬉しいわ」

「え、いいんですか⁉」

「嬉しいわねえ……その反応」

是非来てちょうだいね、と念を押し、八重は馨を送り出してくれた。

さらに玄関を出たところで、思い出したように言う。

「また美味しいカクテルを教えてちょうだいね。私は和食も好きだけど、イタリアンやフレンチもかなり好きなの。洋食に合うようなものを教えていただけると嬉しいわ。混ぜるだけの簡単なものなら、私にもできるわよね？」

「もちろん。あたしにできるなら、八重さんにだってできるに決まってます」

「今日は私が教えたけど、今度は馨さんが先生ね。楽しみだわ。あ、そうだ……」

そこで八重は家の中に戻っていき、スマホを持ってくる。慣れた仕草でスケジュールアプリを起動させ、馨に訊《たず》ねた。

「いつか、とか言ってたら絶対決まらないから、今、日を決めてしまいましょう。都合の悪い日はある？　あ、でも、あんまり頻繁だとご迷惑よね。来月か、再来月ぐらいで」

とにかく日が決まってさえいれば、待つのは苦じゃない、と八重は笑う。その笑顔に少しだけまじる寂しさに、馨はいても立ってもいられない気分になった。

「来月早々にしましょう」

「え、でも……結婚式の準備とかもおありでしょう？」

「平日なら大丈夫……ってこれ、八重さんがおっしゃったんですよね？」

今回にしても、週末は忙しいだろうからと平日に決めた。次回だって平日にすればなんの問題もない。それでも……と気にする八重に、馨はだめ押しのように言った。

「今度は男の人の帯の結び方も教えてください。それに、今は習ったばかりだから大丈夫かもしれませんけど、日が経ったら今日習った結び方も忘れちゃうかも。次も浴衣を持ってきますから、ちゃんと覚えたかテストしていただけますか？」

「テストなんてしなくても大丈夫よ。若いんだから、そんなに簡単に忘れたりしないわ」

そう言いながらも、八重はかなり嬉しそうにしている。実に愛らしい笑顔で、もっと見たい、もっと一緒にいたいという気持ちが湧いてくる。さらに着付けだけでなく、もっ

といろいろなことを教えてほしい。八重は馨をそんな気持ちにさせる人だった。

八重と自分がどういう続柄になるのかはわからない。姻族ですらないのかもしれない。それでも姉の義母なら、自分にも母のようなものだ。早くに母を亡くした姉妹にとって、これまではウメが母代わりだった。そこに八重が加われば怖い物なしだし、哲と結婚すれば、ユミコも母になる。

どんどん増えていく『母』に、馨は笑みを抑え切れなくなる。

姉の婚家や近隣、そして哲の家族……どちらを向いても魅力的な人ばかりだ。婚家との付き合いに不安を抱く女性が多い中、こんなに安心していられる自分はものすごく脳天気なのかもしれない。

それでも、まだ起こってもいない問題を想像して怯えるのは馬鹿らしいし、時間の無駄としか思えない。なにかあったらあったとき、みんなに助けてもらって乗り越えればいい。周りには、助けてくれる人が山ほどいるのだから……

――お姉ちゃんなら、あらゆる問題を予想して準備しまくるんだろうなあ……。そうやって、下駄を預けちゃうのは末っ子だからよ、なんて言われそう。でもさ、みんなにかわいがってもらえるのって、あたしの人徳でもあるよね？　あたしだってまんざら捨てたものじゃないよ、うん。

まさに自画自賛、美音に聞かれたら叱られそうなことを考えながら、馨は自分のスマホを確かめる。ふたりのスケジュールを照らし合わせた結果、『着付けとカクテル教室の集《つど》い』は翌月第一木曜日に決定した。

「お邪魔しました。じゃあ、また来月！」

「気をつけてね！　美音さんにくれぐれもよろしく！　ついでに要に、美音さんに面倒をかけるんじゃありませんよって伝えて」

あくまでも息子に厳しい八重に、また笑いがこみ上げる。

もしかしたら八重は、要がどれほど美音を大事にしているか知らないのだろうか。あの結婚式での誇らしげな新婦紹介を聞いただけでもわかりそうなものなのに。それとも、あれを聞いても安心できないほど、姉に会うまでの要の行いはひどかったのだろうか。心配ばっかりだったせいで、ようやく引き取ってくれた姉への感謝がつきないとか……

要を前に、ため息と叱責を交互に繰り返す八重が見えるようだ。

——今日は本当に楽しくて、ためになる一日だった。

わかりやすい浴衣の着付け指導、美味しい飲み物と食事、なにより結婚した息子との距離の取り方……あらゆる意味で八重は見事すぎる。姉は姉で尊敬できる人ではあるが、その姉よりさらに八重は豊富な経験と知識を蓄《たくわ》えている。

素晴らしい人生の先輩に出会えた喜びに、馨は足取り軽く駅への道を辿った。

ノンアルコールカクテル

アルハラ（アルコールハラスメント）という言葉が生まれ、飲み会の席でお酒を強要されることも減りつつあります。お酒は呑みたい人が呑みたいように呑むべし、という考えの私にとって大歓迎である一方で、呑めない、あるいは呑まない人でも気分だけは味わいたい、バーに入ってみたいなんて日もあるんじゃないかな、とか勝手に思ったりもしています。
そんな方にもおすすめなのがノンアルコールカクテル。代表的なものをいくつか挙げておきますので、お店のメニューに載っていたときは是非お試しください。ご家庭で簡単にできるものもありますから、バーテンダー気分で作ってみるのもおすすめです。

・シャーリーテンプル（ロンググラス）

ステアで作る甘酸っぱいカクテルです。

グレナデンシロップ…20ml
レモンライムソーダ…適量（ジンジャーエールでもOK）

・サラトガ・クーラー（ロンググラス）

モスコミュールのノンアルコール版、ライムの香りが爽やかなカクテルです。

ライムジュース…20ml
シュガーシロップ…1ティースプーン
ジンジャーエール…適量

・シンデレラ（ショートグラス）

レモンが入りますが、シェイクしてあるのでまろやかな味わいです。

オレンジジュース…20ml
パイナップルジュース…20ml
レモンジュース…20ml

鰆のムニエル
ゴボウと牛肉の炊き合わせ
鰆の煮付け
鰆の酢締め
ホワイトアスパラガスのバターソース
アスパラガスのベーコン巻き

遠くて近い仲

芯から冷えるような寒さと、汗ばむほどの暖かさが交互にやってくる。

三寒四温《さんかんしおん》という言葉ぐらい知っているけど、あまりにも長々とやりすぎではないか。これじゃあ桜だっていつ咲けばいいかわからなくなっちゃうわよね……と馨とふたりで笑う日々が続いた。

それでも、日々の暮らしに取り紛れている間に花は咲き、草木は新たな緑を芽生えさせる。終わらない冬はないという言葉どおり、季節は巡り『八百源』の店先にも春ならではの野菜や果物が並び始めた。

「美音坊、今日は極上のそら豆が入ってるぞ！　タクのとーちゃんに持ってけよ。さっと茹でてビールと一緒に出してやれば、仕事の疲れも吹っ飛ぶだろうさ」

時分で言えば昼下がりと夕暮れの間、商店街をせっせと歩く美音にヒロシがそんな声をかけた。

ヒロシは、美音がすでに仕込みを終え、散歩がてら『ショッピングプラザ下町』に出かけた帰りだとわかっている。店の客に出すのではなく、美音夫婦が自宅で食べる前提の話をしているのはそのせいだ。

それにしても……と美音は少しおかしくなる。

要が美音と結婚して『ぼったくり』の上に住むようになってから、もう一年以上になる。それなのに未だに町内、とりわけヒロシたち商店主からの呼び名は『タクのとーちゃん』で統一されている。

要本人は、タクは母さんのところに残してきたのに……とため息をつく日々だが、馨はヒロシたちの気持ちがわからないでもないと言う。

なにせ、この町の人たちは姉妹を子どものころから知っている。居酒屋経営という仕事柄、学校から帰ってくる時分から仕事を始めざるを得ない両親に代わって、公園で遊ぶ姉妹を見守ってくれたり、ちょっとしたおやつをくれたり……

両親が急逝したときも、葬儀のことなど一切わからない美音をみんなが助けてくれた。墓を作らない、『ぼったくり』を閉める閉めない、すべて町内の人たちとの相談の下に進めてきた。

町内の人たちがいなければ、今の姉妹も『ぼったくり』もなかった。そう言いきれるほど、かわいがってもらったし、彼らにしても我が子のように感じてくれているに違いない。

だからこそ、美音が結婚して幸せそうにしているのが嬉しい半面、ちょっと面白くない気持ちを抱かずにいられないのだろう、というのが馨の分析だった。

「言いたくないんだよ、『美音坊の旦那さん』なんて。それで『タクのとーちゃん』。それならお姉ちゃんが結婚した相手って、意識せずにすむじゃん」

「それなら『要さん』でいいじゃない。わざわざタクを引っ張り出さなくても」

「まあそう言いなさんな、って。いいじゃん、わかりやすくて」

「わかりやすいって？」

「要さんのことを『タクのとーちゃん』って呼ぶのは、お姉ちゃんの親衛隊ばっかりだよ」

「親衛隊!?」

「親衛隊じゃなければファンクラブ？　とにかく、お姉ちゃんのことがかわいくてかわいくて仕方がない人たち」

そして馨は、ヒロシさんでしょ、ミチヤさん、シンゾウさんにマサさん……と数え上げたあと、自信たっぷりに言い切った。

「ね、みーんなお姉ちゃんのお父さんみたいな人ばっかり。結婚式で親代わりを務める人がいないとなったときに、『それなら俺が！』って思った人はけっこういると思うよ。さすがにシンゾウさんを差し置いてまでって人はいなかったけど」

もしもシンゾウが引き受けなかったらマサ、それもだめならヒロシ、ミチヤ……とにかく引き受け手には事欠かなかった。つまり、この町には『自称美音坊の父』がそこら中にいるのだ、と馨は言う。

「みんなして、お姉ちゃんのお父さん。だから『花嫁の父』的な嘆き方をするのも当然。要さんには気の毒だけど、みんなの気持ちを汲《く》んであげてほしいなあ……」

馨はわかったようなことを言うが、『明日は我が身』だとは気づいていない。町内の人たちの美音に対する気持ちは、そのまま馨への気持ちでもあるのに……

したり顔の馨を見ているうちに、ちょっと意地悪な気持ちが湧いてくる。思い知れとばかりに、美音は口を開いた。

「他人事だと思ってるんだろうけど、哲くんだって同じなんだからね！　商店街じゃないにしても、あの家に引っ越してきて、町内の人になるのは間違いないし、『我が家の末っ子馨ちゃん』の結婚なんだから、私のとき以上にみんなが大騒ぎよ」

「え……あ、そうか！　でもあたしはそうはならないよ。お姉ちゃんみたいに『よーーーやく来た春』じゃないもん！」

「そこまで引っ張って伸ばさなくても、ようやく来た春だってことぐらいわかってるわよ！」

「ほんと、長かったよねえ……。まあ、半分ぐらいあたしのせいなんだけどさ。あたしの面倒を見るのに一生懸命だったからね。とにかく、お姉ちゃんが結婚して、ものすごく嬉しくて安心したのは間違いないけど、それはそれとして『我らが美音坊』をかっ攫《さら》った要さんに思うところがあるんでしょ」

ここはひとつ、大人になって聞き流してあげなきゃ、とやけに上から目線だった彎を思い出しながら、美音はヒロシに笑顔を向ける。

呼び方なんて些細《ささい》なことだ、要だって本気で文句を言いたいわけではないだろう。

なにより、夜遅くに疲れて帰宅する要の酒の肴《さかな》まで心配してくれるヒロシの気持ちが、美音にはとてもありがたい。ぶっきらぼうな言葉のあちこちに、新参者の要を温かく受け入れてくれる気持ちが漂っていた。

「ありがとう、ヒロシさん！　でも今日はそら豆より、こっちにしようかなあ……」

そう言いながら美音が指さしたのは、色鮮やかなグリーンアスパラガスだった。

そら豆の鞘《さや》ほど艶もないし、深い色でもないが、新緑を写したようなグリーンアスパラガスは春の象徴みたいで食欲をそそる。

ベーコンを巻いてソテーにしてもいいし、肉やウインナーと一緒にバターで炒めてもいい。

もしも要が、脂《あぶら》を受け付けないほど疲れているようなら、茹でておひたしにしてもいい。削り節でも胡麻《ごま》でも、疲れた胃腸をほっとさせてくれる味わいになること請け合いだ。

洋食のみならず、和食、中華とどんなふうにも調理できるグリーンアスパラガスは、食べる人の体調まで考えて料理を拵《こしら》えたい美音にとって、とても重宝する食材だ。さらに、旬で流通量が多いせいか値段もお手頃となったら、願ったり叶ったりである。

ヒロシはそんな美音に、目を細める。

「さすが美音坊だな。今日のグリーンアスパラは、そら豆と並ぶぐらいおすすめだ。なんなら色違いもあるぜ」

「色違い？　もしかして……」

「そ。ホワイトアスパラガス」

「あるの⁉」

「おう。そこに書いてあるだろ？」

ヒロシが指さした先を見ると、レジの後ろの壁に『白アスパラガスあります』と書かれた紙が貼られていた。『ホワイト』ではなく『白』というのは、お年寄りにも一目でわかりやすく、いかにもヒロシらしい配慮だった。

「やだ、全然気が付かなかった！　でも……」

グリーンアスパラガスはたくさん積まれているが、隣にホワイトアスパラガスはない。店の中をぐるりと見回しても象牙色のアスパラガスを見つけることはできなかった。

怪訝《けげん》な顔になった美音に、ヒロシは申し訳なさそうに言う。

「ごめん、ごめん。そっちは冷蔵庫の中。やっぱり、白いほうは涼しいとこに入れといてやりたいからよー」

「あら、ホワイトアスパラガス限定？　同じアスパラガスなのに」

美音のちょっと意地悪な質問に、ヒロシは頭の後ろを掻《か》きながら答える。

「いや、確かにあいつらは兄妹、ってか同じ品種だ。だけどよ、ホワイトアスパラガスってのは、お日さんに当たらねえように、伸びそうになるたんびに土を被せて大事に大事に育てるわけよ。いわば深窓の令嬢。お日さんの光をバンバン浴びて伸びまくりのグリーンアスパラガスとはちょっと違うんだよなあ」

本当はグリーンアスパラだって冷蔵庫に入れておきたいけれど、それを言い出したら葉物も果物も全部……となってしまう。うちの冷蔵庫はそこまで大きくないから、というのがヒロシの言い分だった。

野菜をお姫様扱いするヒロシに共感しつつも、美音は貼り紙の位置について言及する。

「私もお酒については似たようなものだから、しまい込みたくなるヒロシさんの気持ちはわかるわ。でも、どうせ貼り紙をするなら、グリーンアスパラガスのすぐそばにしたら？」

レジの後ろでは、店の外から見えづらいし、店に入ったとしても美音のように品物選びに夢中で壁なんて見ない客も多そうだ。グリーンアスパラガスは店先に並べてあるのだから、その脇にポップスタンドでも立てて『白アスパラガスあります』としたほうが目に付きやすいのではないか——

美音の提案に、ヒロシは勢いよく手を打った。

「なるほど！　アスパラが欲しい客はアスパラのところに来るし、そこに『白アスパラガスあります』って書いておけば買ってくれるかもしれねえな」

「もういっそ、『葛西書店《かさい》』さんに貼ってきたら？」

「お、それはいいな！　『八百源、白アスパラガス入荷！』ってか？」

「そうそう、せっかくの広告スペースなんだから有効利用しないと」

「だよな」

ヒロシが嬉しそうに頷いた。

『葛西書店』が閉店したあとのスペースは、今では町の寄り合い所になっている。防災用品を置いたり、自由に使えるパソコンを設置したりして、人々の交流の場となっているのだが、通りに面したガラス窓は広告スペースとして利用されている。

商店街にある店が、必要に応じて広告料を払ってはお買い得品を知らせるなどして集客を図っているのだ。

「じゃあ、早速葛西さんとこに貼りに……っと、その前に商売だ。美音坊、アスパラはどっちにする？　白か？　緑か？」

白か緑かそれが問題だ……なんて文豪みたいな悩みは美音にはない。

グリーンアスパラガスは国内産だけではなく輸入物もあるので、一年中店頭に並んでいる。とはいえ、やはり美味しいのは春から夏にかけての旬だろう。ホワイトアスパラガスにいたっては、出会うことすら珍しい。どちらかなんて論外だった。

「両方いただくわ」

「ほいきた！　じゃあ、このしっかりしたやつ持ってけ！」

そしてヒロシは、冷蔵庫からホワイトアスパラガスを取り出した。皮がぴんと張っていて、一目で新鮮とわかる。『しっかりした』という言葉どおり、太さも十分だった。

ヒロシは、美音が手にしていたグリーンアスパラガスと一緒に新聞紙でくるみながら、聞き慣れた言葉を口にする。

「家に帰ったら……」

「わかってます。冷蔵庫の野菜室に立てて入れとけ！　でしょ？」

「そのとおり。釈迦《しゃか》に説法だったな」

苦笑いしているヒロシに見送られ、美音はアスパラガスを抱えて『ぼったくり』に向かう。

要さん、今日は早く帰ってこられるといいな……なんて思いながら歩いていると、鞄の中のスマホが、『チャラララン』と音を立てた。

聞いたとたん、美音はふわりと微笑んだ。

美音は相手ごとに電話やメッセージの着信音を変えていて、その『チャラランン』は要専用だったからだ。仕事をしている時間帯なのに珍しい、と余計に嬉しく思いながらメッセージ画面を開く。表示されたのは、『ちょっと確認したいことがあるんだけど、今、電話しても大丈夫？』という文章だった。

メッセージではなく通話が必要なとき、要はいつもこんなメッセージを送ってくれる。火加減が大事な料理の仕込みの最中とか、誰かと話しているとか、とにかく美音の手がふさがっているときと重ならないように、との配慮かららしい。

電話がかかってきたところで、どうしても手が離せなければ出ないだけのことなのに、そんな心配りをするところが要らしい。そう思う半面、その気遣いは、もしかしたら私専用なのかも……とちょっと浮かれてみたりする。

もっとも、そんなメッセージが来たときの美音の答えはいつも同じ、『大丈夫です』だ。要よりも優先順位の高い用事なんて、そうそうあるわけがない。もしかしたら要は、そんな美音の気持ちがわかっているからこそ、あえてお伺いを立てているのかもしれない。

『大丈夫ですよ、なにかありましたか？』

送るやいなや、メッセージの隣に既読マークが付く。続けて呼び出し音が鳴り始めた。

「忙しいところごめん。今日、お客さんをひとり連れていっていいかな？」

「えーっと、お店にですか？」

「うん。仕事関係の人なんだけど……」

仕事関係ということは、佐島建設の取引先を『ぼったくり』に連れてくるつもりだろうか。接待に向くような店ではないんだけど……と美音は及び腰になってしまう。

ちっぽけな下町の居酒屋だし、個室だってない。そもそも、『ぼったくり』なんて名前の店で接待されても嬉しくないだろう。それどころか、逃げ出したくなるに違いない。

「か、要さん……それはちょっと考え直したほうが……」

「どうして？」

「だってうち『ぼったくり』ですよ？」

「うん、知ってる」

なにを今さら、と要は電話の向こうで笑いこけている。

ひとしきり笑ったあと、相手は全然気にしてないし……と話を再開した。

「おれの奥さんは居酒屋の女将《おかみ》だって言ったら、もう興味津々でね。是非とも連れていってほしい、ってねだられて、どうにも断り切れないんだ」

「断り切れないって……なんで現在進行形なんですか？」

「今もおれのそばで、君の返事を待ち構えてるからだよ。そもそも『ぼったくり』の意味もわかってないし」

「意味がわかってない……？」

「そう。実はドイツの人なんだ」

以前、八重の陰謀により、必要もないドリルを買いにドイツに行かされた。もとはといえば、自分の落ち度ではあるけれど、とにかくそのときに買い付けたドリルの会社が日本に営業所を開いた。その営業所に、要にドリルについてレクチャーしてくれた担当者が赴任し、その後のドリルの調子を訊きに佐島建設を訪れてくれた、というのが要の説明だった。

クスクスと忍び笑いが漏れたところを見ると、どうやら調子伺いは口実で、他にも工具を売りつけようという魂胆《こんたん》のようだ。

「で、君について訊かれちゃってさ」

「私ですか？　どうして？」

「ドイツに行ったときに『さっさと済ませて帰らないと、惚れた女に逃げられそうだ』って言っちゃったんだよ。そりゃあ、気になるよな」

さっきは『クスクス……』だったが、今度は大笑いになっている。開いた口がふさがらないとはこのことだった。

「おれも相当焦ってたしね。ま、済んだことは済んだこと。とにかく近況報告して、ついでに君の店についても話した。そしたらまあ、食いつく食いつく……。ガイドブックに載ってないような普通の居酒屋に行ってみたかったんだってさ」

「普通の居酒屋……」

『ぼったくり』は普通の居酒屋だろうか――

普通と言われれば普通かもしれない。でも……と美音はなんとなく納得できない気持ちになる。

普通であることの大切さなど十分わかっているつもりでも、正面切って『普通』と言われてしまうと、なんとかよその店とは違う色を出そうと頑張っている自分を否定されるような気がするのだ。

そんな美音の気持ちをすくい取るように、要が言葉を足した。

「あ、それはあくまでも相手が言ったこと。おれは『ぼったくり』が普通だなんてこれっぽっちも思ってないよ。あの店が普通なら、あんなに常連客がくっついて離れないなんてことはないだろ？」

「それはまあ……」

「そのあたりのフォローはあとで『じっくり』。で、大丈夫？」

『じっくり』という言葉から滲《にじ》み出るなまめかしさに、思わず頬が赤らみそうになる。懸命に平静を保ちつつ、美音は今夜の店の様子を想像する。

『ぼったくり』は予約しなければ入れないような店ではないが、たいてい常連が二、三人カウンターに陣取っている。今日は三日に一度のウメが来る日だし、今週はまだ顔を見せていないアキも来るかもしれない。彼女が来るなら、偶然を装《よそお》ってリョウがやってくる可能性は高い。

とはいえ、その三人はいつも比較的早い時間に現れる。滞在時間も一時間前後、二時間に及ぶことはないから、彼らが帰ったあとなら二席ぐらいは空いているはずだ。

「えーっと、遅めの時間……たぶん九時ごろなら大丈夫だと思います」

「助かった！　なにせ『さあ行こう、今行こう、すぐに連れていけ！』って矢の催促。席があるかどうか訊いてみないと、って言っても『早く訊け、何時なら大丈夫なんだ？』って、うるさいうるさい……」

当の本人の前でこんな話をしていて大丈夫なのだろうか……と不安になったが、要が平気で話し続けているところを見ると、客人はさほど日本語に長けていないようだ。おそらく要は、英語と片言のドイツ語を混ぜ合わせてやりとりしているのだろう。

「それは大変でしたね。じゃあ、ふたり分のお席を用意しておきます」

「うん。でも、もしもお客さんが多いようなら、おれたちは小上がりでいいからね」

畳敷きの小上がりに座卓っていうのも、いかにも日本風でいいだろう、と要は言う。『ぼったくり』の常連は、カウンターに座りたがる人ばかりだとわかっているからに違いない。

「四人、五人となると厳しいかもしれませんが、ふたりなら平気だと思います。普段でも、カウンター席がぜんぜん空いてないってことはありませんし……」

これでは『ぼったくり』が繁盛していないと言っているようなものだが、美音自身はそれぐらいの客数のほうがやりやすいし、赤字になっているわけでもない。客にしても、多少空席があったほうが居心地がいいはずだ。なにせ常連たちはお人好しばかり。満席状態のところに誰かが入ってきたら、呑みかけの酒をぐいっと空けて、『ここ空くよ！』なんて腰を上げかねない。そんな落ち着かない呑み方はしてほしくなかった。

そんなことを考えていると、また要の声がした。

「もういっそ、最初から小上がりを押さえておいてもらおうかな……」

「だから大丈夫ですって」

「わかってるよ。でも、万が一カウンター席がいっぱい、もしくは飛び飛びにしか空いてなかったら、誰かが席を譲ってくれることになるよね？」

「たぶん……」

「だったら最初から小上がりに『予約席』って札を立てといてもらうほうが気楽だろ？　おれたちが店に着いた時点で、カウンター席に余裕があればそっちを使わせてもらうし」

「なるほど……じゃあ、そうします」

「よろしく。じゃあまたあとで」

そこで電話が終わった。

要が『ぼったくり』に来たときに、小上がりが二席とも埋まっていたことなどない。小上がりでいいのなら、こんな電話をしてくる必要はなかったはずだ。それでもかけてきたのは、おそらく席があるかどうかということよりも、『ぼったくり』に外国人を連れていっても大丈夫か、と訊《たず》ねたかったからかもしれない。訊ねるというよりも、驚かないよう前触れしてくれた、というのが正解だろう。

要はきっと、美音ならどんな相手でも対応できると信じてくれている。それでも、あらかじめわかっているほうが心の準備ができるし、献立だって工夫できる。

相変わらず行き届いた要の配慮に感心しつつ、美音も通話終了ボタンを押した。

——要さんの取引先、しかもドイツからのお客さん……。いったいなにを出せば喜んでくださるかしら……

本日のおすすめと冷蔵庫の中身を思い浮かべながら、美音は遅く来る珍しい客向けの献立を考え始めた。

†

「あ、鰆《さわら》だ！　さすが春っすねえ！」

「やっぱりあんたは馬鹿よね！」

「え、なんで？」

美音の予想どおり、カウンターにはアキとリョウ、そしてウメが並んで座っている。おすすめの品書きを見たリョウが上げた声に、アキが突っ込みを入れた。きょとんとしているリョウに、ウメが笑いながら言う。

「リョウちゃん、鰆《さわら》の旬は冬だよ」

「だってウメさん、鰆って字は魚偏に春って書くんでしょ？　春の魚に決まってるじゃないっすか！」

なにより『本日のおすすめ』に入っている。『ぼったくり』は旬を重視しているのだから、おすすめに入っているのは旬の証拠――とリョウは意見を曲げない。

確かに『ぼったくり』のおすすめ料理は、ほとんどが旬の食材を使ったものだ。それでも例外がまったくないわけではない。たとえば厚揚げの肉詰めのように、季節を問わない食材で作る料理であっても『本日のおすすめ』に入ることはあるし、稀《まれ》にではあるが季節違いの料理が入ることもある。だが、今日の鰆は季節違いではなかった。

「とにかく鰆は冬の魚なの！　そうよね、美音さん？」

アキが、助けを求めるような顔で美音を見た。自分やウメではなく、プロの料理人である美音に言われれば、反論の余地はないと思っているのだろう。

美音はくすりと笑って答えた。

「鰆の旬は春ですよ」

「えー⁉」

「美音坊、どうかしちゃったんじゃないかい？」

「ほら、やっぱり！」

アキとウメ、そしてリョウが一斉に声を上げた。

「鰆は春の魚、ただし、瀬戸内ではね！」

「なんだ……そういうことか」

ウメはふーっと息を吐いて、お馴染みの焼酎《しょうちゅう》の梅割りを一口呑む。美音が旬を間違えるなんて、具合でも悪いのかと心配したのだろう。リョウと入れ替わりのようにきょとんとしてしまったアキに、美音は説明を始めた。

「鰆は回遊魚で、季節によって獲れる場所が変わります。秋から冬にかけては関東、そのあと関西のほうへ移動していくんです。もちろん、鰆の味自体も変わります」

関東で獲れるのは、産卵前の、脂《あぶら》がしっかりのった鰆で、『寒鰆《かんざわら》』として喜ばれている。一方、春から夏にかけて瀬戸内で獲れる鰆は淡泊な味わいだが、白子《しらこ》や卵を持っていて、関西ではそれらも合わせて料理される。一口に『鰆《さわら》』と言っても、別な魚のようなものだった。

「要するに、関東では鰆の旬は冬だけど、関西では春から夏にかけてってこと？」

「そういうことです。ここは東京で、今は春ですから、鰆は旬じゃないと言えばそのとおりですし、関西で獲れたんだから旬の魚だ、とも言えます」

「どっちも正解ってことっすね」

とにかく黒星じゃなくてよかった、と言わんばかりのリョウをよそに、アキが身を乗り出すように訊《たず》ねた。

「じゃあ今日の鰆は……？」

「岡山で水揚げされたものです。子持ちでしたから、卵も一緒に煮付けてみました。鰆って言うと西京焼きが有名ですけど、煮付けも美味しいんですよ」

「煮付け……っすか」

魚の煮付けを好むのは、女性と中高年男性が多い。若いリョウには、ちょっと物足りないのだろう。つまらなそうな顔を見て、美音はつい笑ってしまった。

「なんならムニエルにもできますよ。あっさりした春の鰆は、油を使ってもしつこくならないし」

「じゃあ、それ!!」

いただき！　とばかりに、リョウが指をパチンと鳴らした。それを聞いたアキが、ぶつぶつと文句を言い始める。

「まったく……そんなのばっかり食べててどうして太らないの？　うらやましい、というより、憎らしいったらありゃしない」

「あたしに言わせれば、まだ『そんなの』が食べたくなるアキちゃんがうらやましいよ」

「あ、ウメさん。俺のちょっと食いますか？　味見がてらちょっとだけなら胃にもたれないでしょ？」

だがウメは、リョウの申し出に嬉しそうに笑いながらも、手を左右に振った。

「ありがと。でも、今日はいいよ。あたしより分けっこしたそうな人がいるからさ」

そう言いながらアキを見る。暗に、仲良くひとつの皿をつつきたいのはあんたのほうだろう……と言っているような視線に、アキの頬が微かに赤くなった。リョウはリョウで、照れくさそうに目を逸らす。

「あたしはムニエルはパス！　煮付けの繊細な味わいを楽しむことにするわ」

アキの口からいかにも彼女らしい、意地っ張りな言葉が飛び出す。くくっと笑ってウメが言った。

「じゃあ美音坊。リョウちゃんにムニエル、あたしに煮付けで」

「承《うけたまわ》りました！」

美音は元気よく答え、思案顔のアキを見る。

「アキさんはどうしましょう？　煮付けにしますか？」
「ううん。やっぱりあたしはゴボウにする」
「あ、ゴボウですね！　ご飯も一緒に、ですよね？」
「あったりー!!」
我が意を得たり、とアキは喜色満面で待ち構えている。
「ゴボウと飯？」
リョウは訝《いぶか》しげな顔になっていたが、ほどなく出された
ゴボウの煮物を見て唸った。中深の皿に載っていたのは、
ゴボウだけではなかったからだ。
適度に霜《しも》が降った牛肉が細かく刻まれ、真ん中に盛られ
た拍子木切りの新ゴボウを囲むように盛られている。アキ
は、茶色に煮染められたゴボウと牛肉を熱々のご飯にのせ、
えいやっとばかりに口に入れた。シャリッという音が、ゴ
ボウ特有の微かに土を思わせる香りを思い起こさせる。も
ちろんアキは、満面の笑みだった。
「うわー、なにそれ！　めっちゃ旨そう！」

「ゴボウは大人の味わい。あんたは大人しくムニエルを召し上がれ！」

騒ぐリョウに、アキが高笑いでそんなことを言う。だが、そんな余裕たっぷりの態度は鰆《さわら》のムニエルが出来上がったとたんに消え失せた。

美音がリョウのために選んだ鰆は、寒鰤《かんぶり》と見まがうほどだった。用意した中で、一番大きな切り身を選んだのだから当然だ。

塩こしょうを振りかけた上から軽く小麦粉を叩き、フライパンで焼き上げた。仕上げに落とした醤油が焦げる匂いはとっくにカウンターの向こうにも届いていて、リョウは言うまでもなく、アキやウメまで生唾を呑んでいた。空腹、満腹を問わず、焦げた醤油というのは日本人には抗《あらが》いがたい香りなのだろう。

「いっただっきまーす！」

リョウは、カウンター越しに差し出された皿を見せびらかすように受け取り、元気よく箸を割った。

アキはゴボウとご飯を頬張りながら、リョウは鰆を口に運びながら、お互いの様子を窺っている。『分けっこしよう』と言い出すのは時間の問題だな、と思いながら、美音は鰆をもう一切れ取り出した。

大きさはムニエルの鰆《さわら》より少し小ぶり、ただしこちらには別にしておいた卵も使う。身にあらかた火が通ったのを見極めて、沸き立つ煮汁に鰆の卵をそっと沈める。火が通るにつれて、薄黄色の卵の端っこのほうから花が咲いたように開いていく。アキが注文したゴボウと牛肉の炊き合わせとは異なり、こちらは薄味に仕上げる。まったりしてほんのり甘い、魚卵ならではの味わいが引き立つようにと考えてのことだ。ウメの繊細な舌は、きっとこの味付けを喜んでくれることだろう。

「うわあ……上品な色合い。すごく美味しそう……」

あまりにうらやましそうな声に、ウメは苦笑しながら皿をアキの前に滑らせた。

「ほら、アキちゃんも少しお上がり」

「いいの⁉」

「こんな大きな切り身、あたしには食べきれないよ。その代わり、ゴボウを一箸……」

「どうぞ、どうぞ！」

「あ、ずるいっす！　俺にもその肉のとこをちょこっとだけ！　鰆の卵のとこも！」

結局、カウンターの三人は仲良く料理を『分けっこ』することになった。ずっと黙って見ていた馨が、呟くように言う。

「本当のお祖母ちゃんと孫みたいだね……」

ウメにはちゃんとお孫さんがいるのだから、よそでお祖母ちゃんごっこをする必要はない。なにより、リョウやアキの祖母ならウメよりも高齢のはずだ。なにかというと元気な声を張り上げる馨が囁き声になったのは、ウメが聞いたら気を悪くするかもしれないという配慮からだろう。

だが、いくら小さな声だと言っても、カウンターの向こうとこちらでは大して離れていない。努力も虚《むな》しく、馨の声はきっちり客たちの耳に届いてしまったようで、はっとしたようにウメが馨を見た。そのあと、リョウとアキを見比べてしみじみと言う。

「孫ねえ……。うちの孫もあんたたちみたいだったらいいんだけどねえ……」

ウメの思いがけない言葉に、美音はもちろん、馨やアキ、リョウまで唖然とする。

数秒後、気を取り直したようにアキが言った。

「あんたたちみたいに……って、リョウみたいに月末になるたびに、金欠で美音さんに泣きつくのはまずいでしょ？」

「あ、ひでえ。そんなこと言うなら、仕事がうまくいかなくなるたびに、やけ酒ならぬやけ飯を丼でかき込むのはどうなんです？」

「どっちもどっちだと思うけど？」

馨にあっさり突っ込まれ、リョウとアキは決まり悪そうな顔になる。そんなふたりをひとしきり笑ったあと、ウメが言った。

「そういうのは抜きにしてさ、あんたたちはいつだって明るくて開けっぴろげで素直じゃないか」

「あー俺、そういうとこだけは自信があります。絵に描いたような単純明快。上司には『おまえ、なんにも考えてないだろう！』って叱られますけど」

「そうね。なにも考えてないってことは、悪巧みもできないってことだし、単純明快はいいことよ」

「アキさん、それ褒めてないわよね？」

「さすが美音さん。お見通しだわ」

「ひでえ……」

「わかりやすいのは悪いことじゃないよ。なんだか隅っこでゲームばっかりしてて、話しかけてもろくに返事もしないってんじゃ、扱いに困る。まあ、こんな口うるさい婆さんじゃ、相手にしたくないのかもしれないけどさ」

「ウメさん……」

アキは二の句を継げなくなっている。

ウメは一見、口が達者で厳しいおばあちゃんタイプに見える。けれど、捨てられていた子猫をおろおろと心配したり、実がなりすぎて持てあますほどゴーヤの世話をしたり、という優しい一面も持っている。

今のウメはなんだかとても寂しそうに見える。たとえひとりで暮らしていても、息子一家はスープが冷めない距離にいる。彼らとつかず離れずのいい関係を築いていると思っていたが、そうではないのだろうか。

　ウメが小さくついたため息に、美音はいたたまれない気持ちになってしまった。またウメが口を開く。

「孫たちとは小さいころから、ちょいと距離を置いてきたんだよ。ちゃんと親がいるのに出しゃばっちゃならない、お嫁さんだって嫌がるだろうと思ってさ」

　孫の育て方を巡って姑《しゅうとめ》と嫁が対立なんて愚にも付かない。だからこそ、息子夫婦の子育てには極力口を挟まないようにしてきた。本当に困って助けが必要になったら、そのときは口なり手なり出してやればいい、とウメは考えてきたそうだ。

　けれど、しっかり者のウメに育てられた息子も、その息子が選んだ嫁もあまりにもまっとうで、言葉は悪いが如才なくて、ウメが助けなければならないことなどほとんどなかった。

　おかげで孫たちとの距離は開いたまま。近くに住んではいるものの、滅多に顔も合わさず、会ったところで特に話すこともない、という関係になってしまったらしい。

　子どもの頃から一線を引いた間柄だった孫たちは、思春期に入ってさらにウメとの関係を疎んじるようになってきた。親たちにすら他人行儀になりかかっているのだから、祖母なんてなにをかいわんやだ、とウメはしきりに嘆いた。

「そう、だったんすか……」

「息子たち夫婦は誕生日とか、敬老の日とか、あれこれ気にかけてくれて、一緒に食事をしたりもするけれど、孫たちはねえ……」

「なんか、見えるような気がするわ。大人がしゃべってる横で、壁にもたれて座り込んでゲーム機を弄《いじ》ってる男の子たち……」

アキは、自分の中学生や高校生のいとこたちも軒並《のきな》みそんな感じだと言う。

法事などで集まったとしても、昔みたいに広い座敷を走り回って叱られる、なんてシーンはとんと見なくなった。

そのかわり、食事時になっても数回呼ばないとやってこないほどゲームに熱中している。

「法事なんて面倒だったけど、いとこたちに会えるのは楽しみだったわ。でも今の子たちってそうでもないみたい……」

「あたしんとこはひとり息子だし、そもそもいとこってものがいない。それで余計につまんなくてゲームに熱中するのかもしれないねえ」

まあ、そういう時代だから仕方ないのかねえ……と、ウメはつまらなそうにグラスに残った梅干しの種を箸でつつく。

「じゃ、あたしはこれで……」

料理はきれいに平らげられ、梅割りのグラスもすでに空っぽになっている。美音がかける言葉を見つけられずにいるうちに、ウメは帰っていった。

　引き戸が静かに閉められたのを確認して、アキが切なそうに言う。

「ウメさんと息子さん夫婦って、いい関係だと思ってたんだけどなあ……」

「息子さんとはうまくいってても、孫とはイマイチ……ってことっすねえ」

「いくら近くにいても、毎日顔を合わせるわけじゃない。一緒に暮らしていないお祖母ちゃんって、なんの話をしていいかわからないよね」

「年代も随分違うし、どうしようもないのかもしれないけど……」

　寂しそうなウメの後ろ姿が脳裏を離れない。なんとかしてあげたいと思うけれど、ウメの孫に説教するわけにもいかない。あまりにも立ち入りすぎだし、状況を悪化させる気しかしなかった。

「これぱっかりはね……」

　馨が漏らした一言に、みんなが黙って頷いた。

†

「アーグスト、こちらがこの店の女将《おかみ》、そしておれのかみさんの美音です」

『ぼったくり』に着いた要は、まず連れてきた客――アーグストに美音を紹介した。ちなみに馨の姿はない。哲と相談しなければならないことがあるらしく、すでに帰宅したようだ。おそらく結婚式についてのことだろう。

アーグストは、一瞬右手を伸ばしかけたものの、慌てて引っ込めて頭を下げる。日本では、握手は一般的ではないとわかっているに違いない。美音も、会釈《えしゃく》で応《こた》える。ふたりが頭を上げるのを待って、要は紹介を続けた。

「美音、こちらがアーグスト・レーマンさん。『世界最強のドリル』を作っているロイヒマン社社長のお孫さんだよ」

「いらっしゃいませ。その節は夫がお世話になりました」

アーグストはぱっと両手を広げ、嬉しそうな声を上げる。

「おー、おかみさーん！　会えて嬉しいでーす！　このお店、とてーも、クールですねー！」

アーグストはぎこちない日本語のあと、ぺらぺらとドイツ語で話し始めた。美音が困ったような顔になる。なにを言っているのかさっぱりわからないのだろう。

こんな勢いでまくし立てられてしまえば、要すらも理解が追いつかない。慌てて一番よく知っているドイツ語、『ゆっくり話してください』を連発し、スピードを落としてもらう。

アーグストが使っている単語自体はそれほど難しいものではない。ゆっくり話してもらえば、なんとか要にも理解できる。おかげで、要はアーグストが話した内容を美音に伝えることができた。

「寿司、天ぷら、すき焼きはとても美味しいけど、ドイツにある日本料理店でも食べられる。今回日本に来てからも、たっぷり食べた。だから今度は、日本人が毎日家で食べている料理を試してみたい、だってさ」

「えーっと、要さん……こちらの方、随分長く話されましたけど、それで全部ですか？」

「うん、まあ意訳するとそんな感じ」

美音の祭しの良さに舌を巻く。さすがは長年居酒屋の女将《おかみ》を務めているだけのことはある。

美音の言うとおり、アーグストの話はそれだけではなかった。彼は、うんざりするほど『ぼったくり』を褒めあげた。いや、正しくは『ぼったくり』ではなく、美音を……だ。

外国人、とりわけ欧米人は女性を褒めることがうまい。『息をするように嘘をつく』という言葉があるが、彼らの場合、『息をするように女性を褒める』だ。けれど、ドイツ人のモットーは質実剛健、イタリア人やフランス人ほどあからさまではないと思っていたのだ。

――こいつ、三代ぐらい遡《さかのぼ》ったら、絶対フランス人かイタリア人の血がまじってる！

以前、本人から生粋のドイツ人だと聞いていた。だが、そんなはずはない！　と叫びたくなるほどアーグストは美音を褒めあげた。後ろでひとつに結んだ黒髪がシックだの、きめ細かい肌がエレガントだの、挙げ句の果ては泣き黒子《ぼくろ》が色っぽいとまで……

自分の妻を褒められて嬉しくないわけがない。だがそれ以上に、よその男が褒め言葉で美音の気を惹こうとするのが嫌で、そのあたりを全面的にカットしてしまったのだ。

胸ぐらを掴み上げ、亭主の前で女房を口説く気か、と食ってかかるのを我慢しただけでも表彰物だった。

「とりあえずお飲み物を……。なにを差し上げましょう？　やっぱりビールがいいですか？」

美音が窺うように要を見た。

『ぼったくり』は圧倒的に日本酒に力を入れている店だが、ドイツ人のビール好きは有名だし、外国人には日本酒は呑みづらいかも、と心配しているのだろう。

美音の心配は的を射ている。ここに来る途中でアーグストから聞いたところによると、何度か日本酒に挑戦してみたが、美味しいと思えなかったそうだ。『ぼったくり』がどういう店かがわかっているらしく、アーグストは『慣れていないせいだ』と申し訳なさそうに言っていたが、やはり同じ日本の酒でも、ビールやウイスキーのほうが舌に合うのだろう。

日本酒はもうちょっとしてから……という要の言葉に、美音は落胆したように答える。

「日本酒、だめでしたか……」

「あー……ちょと難しかーったです、ねえ」

「どんなふうに？」

美音に問いかけられ、アーグストは少し困った顔になった。

アーグストの日本酒経験を聞いていた要は、困り顔をしているふたりのために説明を代わった。

「香りがね、あんまり好きじゃないって。ワインやウイスキーとは全然違うし、呑んだときの癖も強いって。べたっとした甘みも気になるしって……」

「そうですか……。でも、せっかく日本にいらしたのだし、日本酒の美味しさを是非知ってほしいです。甘いばかりじゃないお酒もあるし、香りも色々なんですけど……」

「そうだよね。アーグスト、もう一度トライしてみたら？　口に合わないようなら、あとはおれが引き受けるし」

「そーですねえ……」

「ってことで、美音。なにか選んで」

そう言いながら美音を見ると、彼女はすでに宙を睨んでいた。

冷蔵庫の中や、常温で保存している酒を片っ端から思い浮かべ、なんとかこのドイツ人の口に合う日本酒を探し出そうとしているのだろう。

前に呑んだ銘柄を訊《たず》ねてみても、アーグストは首を傾げるばかりだった。日本人でも、よほど興味を持っていない限り、旅先で呑んだ酒をいちいち覚えていたりしない。ましてやほとんどが接待とあっては、酒の銘柄を確かめるのもためらわれるし、ラベルをチラ見したところで日本語で書かれていてはお手上げだ。

暗中模索《あんちゅうもさく》そのものの状況がしばらく続いたあと、美音がぱっと顔を輝かせた。

「あれならご満足いただけるかも！」

ようやく答えを見つけたらしき美音は、改築の際に入れた酒専用の大型冷蔵庫の扉を開ける。中から出てきたのは未開封の瓶、要も見たことがない銘柄だった。

「あれ……そんなのあったんだ」

「仕入れたばっかりなんです。たまにはこういうのも面白いかなーと思って」

そう説明しながら、美音は枡《ます》の中に立てたグラスにたっぷり注ぎこぼした。固唾《かたず》を呑んでいる要に気づいたのか、ふっと笑って同じものをもうひとつ用意する。たとえアーグストの口に合わなくても、要なら二杯とも呑んでくれる、それぐらい要の好みに合う酒だと確信しているようだった。

「こちらをお試しください」

枡の中に立つグラスに、アーグストが「ほーっ！」と息を漏らした。今まではせいぜい冷酒グラスか、徳利と猪口《ちょこ》という組み合わせだったのだろう。話には聞いていても、実際に枡に立てたグラスに注ぎこぼした酒を見たのは初めてに違いない。

「すごいでーす。サービスたーっぷりねー」

歓声を上げつつも、アーグストは手を伸ばそうとはしない。呑み方がわからないのだと察した要は、では……とばかりに、グラスから酒を啜《すす》った。彼は外国人だから『啜り込む』という動作も、それに伴う音も苦手かもしれない。それでも、こういった日本酒の呑み方を知ってもらいたい気持ちのほうが大きかった。

幸いアーグストは眉をひそめることもなく、要と同じようにグラスからズッと日本酒を啜る。

『郷に入っては郷に従う』を地で行く姿に安心し、要は酒を口の中でゆっくり転がした。

「お……？」

「おー……」

不思議な気持ちになりつつ隣を窺うと、アーグストもしげしげとグラスの中を見ている。

そんなふたりに、美音が心配そうに訊《たず》ねた。

「いかがですか？」

「なにこれ？　日本酒……だよね？」

「ウイスキーの香りしまーす」

「ウイスキーの樽で貯蔵してるんですって」

そこから美音の説明が始まった。

グラスの中身は、『原酒　ウイスキー樽で貯蔵した日本酒。ＦＵＫＵＧＡＯ』、福顔《ふくがお》酒造株式会社が醸《かも》す酒である。福顔酒造は日本屈指の酒どころ新潟で、明治三十年から酒を造っている古い蔵だ。

主力商品の『福顔』は、信濃川支流である五十嵐川の伏流水と、地元産の酒米である五百万石、越淡麗、越神楽の三種と、兵庫産の山田錦で造っている。『飲んで思わずニコニコするうまい酒』ということで『福顔』と命名されたそうだが、すっきりとした辛口で、どんな料理にも合い、文字どおり冷やでも燗《かん》でも呑んだ人をたちまち破顔させる酒として有名だ。その福顔酒造が、新しい試みとして造ったのが、『原酒　ウイスキー樽で貯蔵した日本酒。ＦＵＫＵＧＡＯ』である。

樽にしみこんだウイスキーの芳香と米ならではの深い味わいが合わさって、これまでにない日本酒を造り上げている。『ＦＵＫＵＧＡＯ』にはほかに『原酒　バーボン樽で貯蔵した日本酒。』と『原酒　ブランデー樽で貯蔵した日本酒。』もある——そんな美音の説明を、要は英語とドイツ語を織り交ぜて、アーグストに伝えた。

「最近は、日本酒をロックで呑みたいって方が増えているんです。うちのお客さまにもそんな方がいて、気に入ってもらえるかも……と思って仕入れてみたんです」

「それって、トモさんのこと？」

要の質問に、美音は嬉しそうに頷いた。

「そうです。でも、ウイスキーの香りがする日本酒なら、外国の方にも馴染みやすいかなと思って」

「そうだね。香りは馴染みやすいし、味もすっきりしてる。日本酒の甘さが苦手な人にも気に入ってもらえると思う。どう？」

そこでアーグストに訊《たず》ねてみると、彼はまた一口、酒を呑んで答えた。

「ワタシ、この香り、好きでーす。味もとーても呑みやすいねー」

アーグストの目がきらきら輝いている。お世辞ではなく、本当に酒を気に入ってくれたことは明らかだ。美音が安心したように言う。

「よかった……。日本酒って美味しくない、って思われちゃうとすごく寂しいですから……」

「寂しいじゃなくて、悔しい！　だろ？」

「要さん！」

もう……と、少し膨れながらも、美音はせっせと手を動かす。ほどなく、カウンター越しに萩焼《はぎやき》の角皿が差し出された。

のっているのは見覚えのある魚で、どちらかというと要の好きな部類に入る。だが、こういう形で出された記憶はない。要は思わず、横目でアーグストを窺う。

「えーっと……これは……」

ドイツ人には馴染みにくい料理ではないのか……と心配になったのだ。案の定、アーグストは皿の上をまじまじと見つめたあと、美音に訊ねた。

「おかみさーん、これはヘリングですか？」

「ヘリングではありません」

ヘリングってなんだっけ……と頭の中の辞書を捲《めく》るより先に、美音が答えた。美音は、外国語なんてさっぱり、と日頃から自嘲しているが、料理や食材に関することについては世界各国の言葉に通じているらしい。

じゃあなんだ？　という顔をしているアーグストに、美音は丁寧に説明した。

「ヘリングって鰊《にしん》ですよね？　これは鰆《さわら》。ちょっと調べてみたんですけど、ドイツでも鰆を酢漬けにすることがあるんですってね。酢漬けなら、このお酒にも合うんじゃないかなあと思いまして」

論より証拠、まずはお試しくださいとすすめられ、アーグストは皿の上の一切れを口に入れた。危なげない箸使いに、彼が一生懸命練習したことが表れている。さすがは、真面目なドイツ人といったところだった。

アーグストはゆっくり噛んで味わい、大きく頷く。

「これは、ビスマルクヘリングでーす！」

「ビスマルク……？」

要は首を傾げた。美音もヘリングじゃなくて鰆だと言っているのに……とは思ったが、この際それはどっちでもいい。大事なのは、美音の努力が実を結ぶかどうかだった。

カウンターに立てかけられている『本日のおすすめ』には、鰆料理が並んでいる。煮物、揚げ物、焼き物……と多彩だったが、その中に『酢締め』は入っていない。

そもそも『ぼったくり』で酢締めといったらまず鯖《さば》、あとは鰯《いわし》か秋刀魚《さんま》がせいぜいだろう。稀《まれ》に鯛や小鰭《こはだ》が登場することはあっても、鰆が使われたことなんてないはずだ。おそらく美音は、どうしたら鰆でこの珍しい客を満足させられるか、と頭をひねった挙げ句、酢で締めるという料理法を思いついたのだろう。

揚げ物や焼き物は無難だが、それだけに面白みがない。いかにも和風で、それでいてどこかドイツの人にとっても懐かしい感じの料理にできないかと頑張ったに違いない。

「ちゃんと漬かってますか？」

美音が心配そうに要に訊いてきた。

要の電話を受けてから仕込んだせいで、漬け込む時間が短かったのを気にしているのだろう。

「大丈夫。ちゃんと漬かってるよ。いつもの締め鯖とはちょっと違った感じだけど」

「鷹の爪やバジルを入れてみました」

「ああ、それでか。ちょっとドイツっぽいね」

「とーってもおいしいでーす」

他にも言いたいことはたくさんあったのかもしれない。だが、アーグストの口から出てきたのは、その一言だけだった。しゃべるよりも食べるほうが忙しいといったところだろう。それだけで、美音の成功は明らかだった。

「『サワラ』はサカナの横になんて書きまーすか？」

『原酒　ウイスキー樽で貯蔵した日本酒。ＦＵＫＵＧＡＯ』と締め鯖《さば》ならぬ『締め鰆《さわら》』で上機嫌になったアーグストは、鰆という字の説明を美音に求めた。どうやら彼は、日本のたいていの魚は漢字一字で表されると知っているらしい。おそらく寿司屋の湯飲みに書かれているものでも見たのだろう。

「鰆は魚偏に春と書きます。冬から春にかけてが旬の魚なんです」

「おー『シュン』！　知ってまーす！　魚の『シュン』、野菜の『シュン』」

「そうです。ドイツにもあるでしょう？」

「ありまーす。魚はあんまーりですが、野菜は知ってまーす」

「ドイツで、春が旬のお野菜はなんですか？」

「シュパーゲルでーす！」

「シュパーゲル！　なるほど！」

美音は、やけに嬉しそうに答えている。シュパーゲルなんて初めて聞いた要と違い、彼女はその野菜を知っているのだろう。そこで、置いてきぼりになっている要に気づいたのか、美音が説明してくれた。

「シュパーゲルは、アスパラガスのことですよ」

「アスパラ！　そういえば、日本でも春が旬だね」

「ドイツ人は春にシュパーゲル食べなーいとおかしくなりまーす。ワターシ、日本に来てから食べてないからおかしくなりかかーてまーす！」

たかが野菜をひとつふたつ食べられなかっただけで、おかしくなるはずがない。さすがに言いすぎだろうと思ったが、美音は『そうでしょうね』なんて頷いている。ドイツ人、少なくともアーグストにとっては、アスパラガスはそれほどなくてはならないものなのかもしれない。

美音が、満面の笑みで冷蔵庫に向かった。彼女が取り出したものを見て、要は笑みの理由を理解する。美音が誇らしげに掲げたのはアスパラガス、それも生のホワイトアスパラガスだった。

「ありますよ、シュパーゲル！」

「ワーオ!!」

アーグストが、これまで聞いたことがない声の大きさで叫ぶ。大変だったのはそれからだ。

ホワイトアスパラガスを見て興奮したアーグストは、自分が客であることなどすっかり忘れ、やれ下のほうの固い皮を剥《む》けだの、立てたまま茹でられる鍋はないのかだの大騒ぎ。挙げ句の果ては、茹で時間まで『まだまだでーす！　もっともーっと茹でてくださーい！』と仕切りまくった。

食べないとおかしくなる、じゃなくて、食べるためにおかしくなってる、と言いたくなる有様だった。

とはいえ、アーグストの気持ちもわからないではない。

彼が支店開設準備のために日本に来てから、二度目の春を迎えたそうだ。そろそろ一時帰国したいと思っているものの仕事は山積み、ほかにも色々不都合が重なって日本を離れられなくなっているらしい。

限られた時季しか食べられないもの——たとえば秋の柿とか梨を二年続きで口にできなかったら、要でもやはり寂しいと思うだろう。それが好物ならなおさらである。

久しぶりに春の風物詩に出会ったアーグストは、くたくたに茹でたホワイトアスパラガスに溶かしバターを絡め、酒と交互に口に運んでいる。その様子は本当に嬉しそうで、グラスの中の酒につけられた『福顔』というのは、今のアーグストの表情のことだろうと思うほどだった。

「すごーく美味しかったでーす！」

きれいに食べ終わり、美音に礼を言ったあと、アーグストはスマホを取り出した。

なんだろうと思いつつ横目で見ていると、画像一覧を呼び出して写真を選択し始める。どうやら、先ほど撮っていた酢締めの鰆《さわら》や茹で立てのアスパラガスの写真らしい。さくさくとスマホを操作し、やがて彼は送信キーを押した。

近頃は、家族や友人たちとＳＮＳで連絡を取る人が増えている。通信料が格安で済む上に、写真や動画も気楽に送れるＳＮＳは日本だけでなく世界中で大人気だから、アーグストも使っているに違いない。

「ご家族あて？」

要が操作を終えたアーグストに確認すると、彼は大きく頷いた。

「日本にいてーも、ドイツのダディやマミーと連絡できまーす。ＳＮＳはすごーく便利でーす」

「時差とか大丈夫なんですか？」

こちらが送っても、あちらが夜中ならすぐに返信は来ない。けっこう面倒ではないのか、と美音は心配しているのだろう。だが、そんな心配は無用だとアーグストは言う。

「へーきでーす。そんなに大急ぎじゃありませーん。それに、時差にもいいところがありまーす」

「たとえば？」

「ワターシが寝てる間、農場、見張っててもらえまーす」

「はい？」

どうやらアーグストは、仲間たちと助け合いながら農場経営を進めていくオンラインゲームに熱中しているらしい。

とはいえ、仕事をしているのだから一日中ゲームに張り付いていることはできないし、かといってログアウトしたままではちっとも進まない。それでは収穫量は上がらないし、そもそもつまらない。だが、ドイツにいる友人や家族とチームを組んでおけば、保守管理がたやすくなる。忙しくて時間が取れないときはＳＮＳで連絡して、代わりに手入れをしてもらっている。時差があれば、別々の時間に働いたり眠ったりするから極めて便利、とのことだった。

「へーそれはいいなあ……。ゲームは進むし、連絡もちょくちょく取れるし」

時差利用作戦か……と感心する要に、アーグストはさらに誇らしげに言う。

「ワターシ、グランパのサポートもやってまーす」

「え……あの社長さん、ゲームやるの？」

「戦争ゲームでーす」

一瞬、あの戦艦を擬人化したやつだろうか、とは思ったが、訊いてみると別のゲームだった。要も聞いたことがあるが、チームを組んでよその国を攻めたり、攻め込まれるのを防いだりという、正統派戦略ゲームだ。

つい最近それに嵌まった祖父、つまりロイヒマン社の社長は、頻繁に孫に連絡してきては『隣の国が攻め込んできた！　これどうしたらいいんだ!?』とか泣きつくらしい。

「すごいな、アーグスト」

ロイヒマン社長とアーグストでは、年齢差もかなり大きい。ただでさえ考え方に違いがありそうなのに、面倒くさがらずに教えたり、サポートしたりするのは偉いと感心する。もしも要が、松雄がやっているゲームをサポートすることになったら、一日目から大げんかになるだろう。もちろん、あの祖父が戦略ゲームを、しかもオンラインでやりたがるとは思えないけれど……

アーグストは、苦笑しながら答える。

「ワタシも、ゲームじゃなかーったら、グランパなんて無視でーす」

いくら祖父でも仕事の上司だ。プライベートでまで関わりたくないが、ゲームとなったら話は別。『仲間のひとり』としてなら、案外受け入れられるものだ、とアーグストは笑う。

しかも、まずい作戦を立てそうになっているのを、『ちょっと待って、そりゃないよ！　それじゃあ全滅だ！』なんて、やり込めるのは爽快だとまで言う。

「ゲームはワターシのほうがせんぱーい。グランパも威張れませーん。気持ちいーね！」

「……納得」

なんだか祖父であるロイヒマン社長が気の毒になりそうな話だったが、孫とちょくちょく関わることができて、彼は彼なりに満足しているのかもしれない。

「そういう時代なんですねえ……」

要とアーグストの話を聞いて、美音は感心することしきりだった。

ゲームやＳＮＳを通して家族が付き合うなんて、昔なら考えられなかった。けれど、インターネット全盛の今、家族間のコミュニケーションツールとして利用しない手はない。特に、親子ではなく、一世代離れた祖父母と孫にとって、ゲームを通じて交流するというのはとてもいいことだろう。

海を隔《へだ》てた祖父と孫が、同じゲームをする。その姿を想像して温かい気持ちになっていた美音は、そこで先ほどのウメの話を思い出した。

「ウメさんもやってみたらどうかしら……」

「ウメさんがどうかした？」

要に訊《たず》ねられ、美音はウメが孫たちとの関係を寂しく思っているという話をした。一緒にインターネットゲームをすることで距離を近づけられるのではないか、という美音の意見に、要は大賛成だった。

「うん、それはいい。戦略ゲームはウメさんの趣味じゃないような気がするけど、チームが組めるゲームはたくさんあるし、助け合って建築したり、冒険したり、農業に勤《いそ》しむこともできる。最近では、同じレースに六十人ぐらい同時に出られるやつも人気だよ」

同じレースにエントリーしてゴールを目指す。ひとりでも楽しいが、同じレースに家族がいれば経験を共有できてなお楽しいだろう、と要は言う。

「もしかしたら、お孫さんたちはもうやってるかも。それなら話は早いよね」

自分が慣れているゲームを祖母が始めるなら、いろいろ教えられる。アーグスト同様、立場の逆転を喜ぶかもしれない。是非すすめるべきだ、と要は太鼓判を押した。

「レースはちょっと難しいかもしれませんけど、農場とかならウメさんも楽しめますよね。ゴーヤの世話とかすごく一生懸命でしたし。お孫さんが学校に行ってる間に、農作物の世話とかしてあげたら、喜ばれるかもしれません」

そんな返事をしながら、美音はかつての自分を思い出す。

美音もよく、母にゲームを手伝ってもらった。インターネットではなく、携帯ゲーム機の中で卵を育てるもので、学校に行っている間は母に預かってもらっていた。今は休ませることもできるようになったらしいと聞いたけれど、当時はちゃんと世話をしていないと『悲しいこと』になってしまったのだ。

面倒だの、ずっとなんて見てられないだの文句を言いながらも、母はけっこう嬉しそうに世話をしてくれていた。美音が学校から帰るなり、『卵がかえったよ！』と玄関に飛び出してきたこともあったほどだ。

寂しそうに背中を丸めていたウメが、孫さんたちの畑の世話をする。

『あーまた、虫が付いてるよ！　なんでちゃんとしないかね！』なんて小さく罵《のの》しるウメが目に浮かんだ。

——ウメさんって凝《こ》り性だから、嵌まっちゃうかも。負けん気もけっこう強いから、レースタイプのゲームにも嵌まったりして……

奇声を上げながらキャラクターを走らせるウメ——想像するだけで楽しくなってくる。こみ上げる笑いを堪《こら》えながら、美音はベーコンを取り出す。

緑色のアスパラガスに、淡いピンクのベーコンを巻き付けるのを見て、要が嬉しそうな顔になった。

要はこのグリーンアスパラガスのベーコン巻きが大好きで、いつ出しても大喜びしてくれる。だが、やはり旬のグリーンアスパラガスは格別だ。

要は今日一日、日独英の三ヶ国語を交えた会話とアーグストを笑顔にするために苦心惨憺《さんたん》したはずだ。大好物を食べることで、少しでも疲れを癒やしてほしかった。

「おかみさーん、嬉しそうです。とってもすてーきな笑顔ですねー」

アーグストが冷やかすように言う。要が嬉しそうにアスパラガスを食べている姿を見ているうちに、自分の目尻も下がりきっていたのだろう。

アーグストは満面の笑みのふたりを見比べ、小さなため息をつく。心配そうに覗き込んだ要に、何事かを告げる。片言の日本語でも、ドイツ語でもなく、英語で……。それなら要が理解できると考えてのことだろう。

「えーっと……なんて？」

「うん、あのね……」

要はちょっと考えたあと、通訳してくれた。

「遠くにいる家族や仲間たちと簡単に連絡が取れて、一緒に楽しめる時代は確かに便利だけれど、時にはこんなふうに会って微笑み合いたい。大切な人なら特に……ってさ」

「……そのとおりですね。ご家族に会える機会が早く来るといいですね」

「そーですねー。でも、ビスマルクヘリングとシュパーゲルで、元気が出ました。家族に会えるまで、がんばりまーす」

そう言うと、アーグストはにっこり笑った。会えないときは仕方がない。彼の言葉がお世辞ではなく、懐かしい料理で少しでも癒やされたことを祈るばかりだった。

アスパラガス――白と緑

アスパラガスはヨーロッパ原産の野菜で、日本では明治時代から栽培が始められたそうです。とはいえ日本での主流はグリーンアスパラガスで、ホワイトアスパラガスは春先にちらほら見かけるものの、グリーンアスパラガスに比べてお値段も少々高め。馴染みが浅い上に、身が締まって固く、茹でるだけでも大変なホワイトアスパラガスは敬遠されがちなのでしょう。栄養価にしてもグリーンアスパラガスの圧勝。それでもヨーロッパではホワイトアスパラガスが大人気で、春の訪れとともに皆、熱狂的に求めます。

日に当てず、お姫様みたいに育てられるホワイトアスパラガス。えーい！　とばかりに鍋に突っ込んでぐつぐつ茹でたくなるのは、私のひがみ根性なのでしょうか。

きよのお江戸料理日記

秋川滝美《あきかわたきみ》

「居酒屋ぼったくり」著者の新境地!!

身も心も癒される

絶品ご飯と人情物語

訳あって弟と共に江戸にやってきたきよ。父の知人が営む料理屋『千川』で、弟は配膳係として、きよは下働きとして働くことになったのだが、ひょんなことからきよが作った料理が店で出されることになって……

◎定価：本体670円+税　◎ISBN978-4-434-28122-8　◎Illusraiton：丹地陽子

◉定価：本体1200＋税　◉ISBN 978-4-434-23631-0

Joe Girard's 13 Essential Rules of Selling
営業の神様
ジョー・ジラード
with トニー・ギブス
Joe Girard with Tony Gibbs
満園真木 訳
Maki Mitsuzono
成功に
奇策なし!
御年
84歳
ギネス認定!
セールス記録
12年連続
世界No.1
* 1966年〜1978年
伝説の営業マンが教える
本当に大切な13のルール

この作品に対する皆様のご意見・ご感想をお待ちしております。

おハガキ・お手紙は以下の宛先にお送りください。

【宛先】

〒150-6008 東京都渋谷区恵比寿4-20-3 恵比寿ｶﾞｰﾃﾞﾝﾌﾟﾚｲｽﾀﾜｰ 8F
（株）アルファポリス　書籍感想係

メールフォームでのご意見・ご感想は右のＱＲコードから、
あるいは以下のワードで検索をかけてください。

アルファポリス　書籍の感想　検索

ご感想はこちらから

本書は、「小説家になろう」（http://syosetu.com/）に掲載されていたものを、加筆・改稿のうえ書籍化したものです。

居酒屋《いざかや》ぼったくり　おかわり！２

秋川滝美（あきかわたきみ）

2021年 3月 5日初版発行

編集－塙綾子
発行者－梶本雄介
発行所－株式会社アルファポリス
〒150-6008 東京都渋谷区恵比寿4-20-3 恵比寿ｶﾞｰﾃﾞﾝﾌﾟﾚｲｽﾀﾜｰ8F
TEL 03-6277-1601（営業）　03-6277-1602（編集）
URL https://www.alphapolis.co.jp/
発売元－株式会社星雲社（共同出版社・流通責任出版社）
〒112-0005東京都文京区水道1-3-30
TEL 03-3868-3275
装丁・本文イラスト－しわすだ
装丁・中面デザイン－ansyyqdesign
印刷－中央精版印刷株式会社

価格はカバーに表示されてあります。

落丁乱丁の場合はアルファポリスまでご連絡ください。

送料は小社負担でお取り替えします。


ISBN978-4-434-28569-1 C0093